LES MORTS NE NOUS AIMENT PLUS

DU MÊME AUTEUR

PSYCHANALYSE DE LA CHANSON, Les Belles Lettres-Archimbaud, 1996 ; Hachette Littératures, 2004.

PAS DE FUMÉE SANS FREUD, *Psychanalyse du fumeur*, Armand Colin, 1999 ; Hachette Littératures, 2002.

ÉVITEZ LE DIVAN. *Petit guide à l'usage de ceux qui tiennent à leurs symptômes*, Hachette Littératures, 2001.

LA PETITE ROBE DE PAUL, Grasset, 2001.

CHANTONS SOUS LA PSY, Hachette Littératures, 2002.

UN SECRET, Grasset, 2004.

LA MAUVAISE RENCONTRE, Grasset, 2009.

UN GARÇON SINGULIER, Grasset, 2011.

AVEC FREUD AU QUOTIDIEN, *essais de psychanalyse appliquée*, Grasset, 2012.

NOM DE DIEU !, Grasset, 2014.

RUDIK, L'AUTRE NOUREEV, Plon, 2015.

PHILIPPE GRIMBERT

LES MORTS NE NOUS AIMENT PLUS

roman

BERNARD GRASSET
PARIS

ISBN : 978-2-246-82864-8

« La nuit n'est jamais complète.
Il y a toujours, puisque je le dis,
Puisque je l'affirme,
Au bout du chagrin
Une fenêtre ouverte, une fenêtre éclairée
Il y a toujours un rêve qui veille… »

Paul Eluard

J'ai rendez-vous avec toi ce soir et j'ai peur.

Ces retrouvailles je les ai appelées de tous mes vœux mais l'heure approche et l'araignée familière de l'angoisse se réveille dans ma poitrine. Avoir peur de son propre désir, je connais, je suis même un habitué, mais cette fois l'expérience promet d'être singulière.

Le doute, mon fidèle compagnon, ne s'y invitera pas, je suis au contraire dans la certitude : ce projet est une idée tragique, un poison.

I

Au fil des années mes écrits avaient fait de moi le spécialiste du deuil, réputation qui me valait invitations dans les congrès et interviews dans les médias. Mes romans et mes essais ne cessaient d'explorer ce thème, un choix qui n'était pas dû au hasard : Irène et moi avions passé notre vie en compagnie d'une armée de fantômes.

La blessure de mes parents était demeurée béante : dans leur grand appartement ils avaient tourné le dos à la porte, les mains sur les oreilles, pour se faire sourds aux tambourinements de leurs disparus. Quand ils n'ont plus eu la force de les repousser, ils ont choisi de leur ouvrir les bras et les ombres qui se terraient derrière chaque meuble ont fini par les engloutir. La voiture folle qui avait emporté ceux d'Irène l'avait laissée seule à jamais. Bercée par les mensonges de ses proches, la petite fille avait longtemps attendu le retour de ces éternels voyageurs. De pâles imitations, toutes en bonnes intentions, lui avaient tenu lieu de parents et caché une vérité qui poursuivrait son trajet souterrain et finirait par la détruire. Beaucoup plus tard, il lui a fallu supporter la disparition de cet enfant dont elle a porté la promesse, jusqu'au jour qui nous a brisés où son enveloppe est devenue linceul.

Voilà pour l'inventaire de nos malheurs, de quoi nourrir cette jouissance de la plainte à laquelle nous avons su résister, parce que nous étions deux et que nous écrivions. En cette époque révolue où l'inspiration était au rendez-vous, mes livres tenaient les menaces à distance. Ce sont les poèmes d'Irène qui l'aidaient à survivre ; elle avait compris que son inspiration ne pouvait puiser dans le tragique mais dans les infimes détails du quotidien. Son regard de petite fille s'y était attaché afin qu'aucun spectre ne vienne la tourmenter : une fourmi patinant sur la vitre, une goutte d'eau hésitant à plonger du bord d'un toit, les dessins enfantins d'un nuage. Naïves strophes qui étaient devenues recueils de précieux haïkus où quelques mots choisis contenaient, comme dans une boule à neige, la splendeur d'un monde sans pitié.

Quelques années auparavant, Agnès avait rencontré l'homme de sa vie qui allait devenir son mari, puis le père du petit miracle devant lequel Irène et moi sommes retombés en enfance. Seule ombre au tableau : la complicité qui me liait à ma fille s'était émoussée. Il m'était difficile d'apercevoir encore dans la femme épanouie celle qui, autrefois blottie dans mes bras, me confiait ses secrets. La grossesse, puis la maternité d'Agnès avaient naturellement installé une nouvelle distance : la fille aimée était maintenant, avant tout, une épouse et une mère. J'ai su faire bonne figure afin que personne n'aperçoive, sous les attentions et la tendresse d'un grand-père, la nostalgie d'un père.

C'est dans l'ordre des choses, auraient dit mes parents, comme si le fait qu'elles soient dans l'ordre des choses pouvait rendre supportables la vieillesse, la mort ou l'usure des sentiments.

Comme j'étais éloquent, hier encore, quand il s'agissait de captiver mon auditoire et d'animer des débats passionnés! Je ne refusais aucune invitation à des conférences ou à des colloques. Leur thème ne variait pas et mon expérience me permettait d'illustrer mes propos de façon personnelle, n'hésitant pas à convoquer des souvenirs intimes qui séduisaient l'auditoire et me valaient de nouvelles sollicitations. Le paradoxe était là : j'étais fatigué de m'exprimer sur le même sujet mais mon engagement lors de ces rencontres faisait tout pour que l'on m'y ramène.

Mon véritable désir était ailleurs, mais sa réalisation était devenue une entreprise insurmontable. Me manquait le soutien bienveillant d'Irène, fermée depuis trop longtemps sur sa tristesse. Elle ne pouvait plus m'aider à affronter le projet d'un nouvel ouvrage, à trouver les premiers mots de cette interminable aventure, mots dont je savais qu'ils étaient voués à disparaître, remplacés par d'autres, puis par d'autres encore jusqu'à ce que ma quête obsessionnelle trouve enfin son aboutissement. Au moment de me lancer dans l'écriture d'un livre, il me fallait oublier cette succession d'épreuves dont le souvenir m'aurait découragé mais, depuis quelque temps, elle me paralysait. Quand il s'agissait d'un projet d'essai, l'idée de la documentation à accumuler m'épuisait à l'avance; les sujets de roman, quant à eux, se bousculaient sans que l'un d'eux prenne l'avantage tant j'avais le sentiment qu'ils s'essouffleraient et ne dépasseraient pas le stade de la nouvelle.

Écrire restait pourtant ma raison d'être. Irène et Agnès disaient d'ailleurs, en plaisantant, qu'elles me trouvaient plus *vivable* lorsque je rentrais, comme je disais pompeusement, *en écriture*. Certes un peu absent, pensif à l'heure des repas, distrait au cours des conversations, je me montrais cependant serein, agréable avec chacun bien que tout à la hâte de retrouver mon bureau à l'étage. J'y veillerai jusque tard dans la nuit, vigie couvant la maison endormie.

Si l'on m'avait alors demandé quelle était ma conception du bonheur, ma réponse aurait été là, toute prête.

À chacun son âge imaginaire : pour certains l'innocence et la cruauté des premières années, pour d'autres les angoisses et les éruptions de l'adolescence. Comment pouvais-je croire en la réalité du temps qui passait quand une part de moi restait jeune, tapie dans le refuge nostalgique de mon enfance ? C'est de cette place que je contemplais le monde pendant que celui-ci me renvoyait dans les cordes. Que me jetait au visage le miroir quand je ne l'évitais plus ? Cette évidence qui sautait aux yeux des autres et s'accélérait depuis la disparition d'Irène : un corps qui ne pouvait plus rien cacher de ses défaites. Mon cœur avait failli émettre son dernier battement et devait maintenant son rythme à une merveille de technologie ; sur mes mains ou mon front s'écrivaient les moindres contrariétés qui en constellaient la surface.

Arrête ! me disait le censeur féroce, toujours vigilant au fond de moi, qui connaissait ma complaisance et n'était pas dupe de cette jouissance plaintive. Il me secouait pour m'arracher à mes ruminations, m'obligeant à contempler la nature et, toute cruelle qu'elle soit, à m'en émerveiller encore, à me bercer d'illusions en imaginant que l'œuvre en gestation attendait son heure.

Hier, ma femme savait guider mes doigts sur le clavier, donner forme à mes pensées, insuffler l'énergie nécessaire à mes projets les plus féconds, me dissuader de me lancer dans les plus hasardeux. Notre couple m'apparaissait alors comme une créature à quatre mains : Irène avait toujours tenu la mienne, même ce jour où elle n'avait plus répondu à la pression de la sienne, quand elle guettait fébrilement chez moi le moindre signe de vie. Ce fut, m'avait-elle dit, un moment d'angoisse absolue ; celui qui l'accompagnait depuis tant d'années pouvait-il s'éclipser d'une seconde à l'autre ? Au lieu du cliquetis familier des touches, si apaisant dans la quiétude d'une maison, Irène avait entendu ce jour-là le claquement sec d'un livre qui se referme, avec deux dates pour seul titre sur sa couverture, gravées sous le nom de l'auteur comme sur une dalle de marbre.

Pourquoi avait-il fallu que mon accident se produise au mois de mai ? Sans doute parce que c'était pendant ce joli mois que se précipitaient, semaine après semaine, les anniversaires : le mien, celui de ma mère, de mon père, et enfin celui de leur mort choisie à tous deux. En ce mois de mai, loin de faire ce qui me plaisait, je m'efforçais de paraître heureux au moment de souffler une forêt de bougies au nombre toujours croissant en pensant, selon mon humeur : *une de plus*, ajoutée à la longue liste des années déjà parcourues, ou bien, dans les périodes plus sombres : *une de moins*, quand je faisais le compte à rebours de celles qui me restaient à vivre.

Illustrée par les belles cartes que m'adressaient mes proches, remplies de mots affectueux, cette commémoration s'imprimait directement sur mon corps quand il s'agissait de souvenirs plus cruels. Bien enfouies, certaines dates tentaient de se rappeler à moi par d'inattendus vertiges, élancements ou rougeurs, stigmates annonciateurs de mauvaises nouvelles. Ces symptômes me tourmentaient jusqu'à ce que je puisse retrouver l'événement qu'ils étaient censés fêter.

Lequel me foudroya ce jour-là ?

Une tasse de café à la main, j'ai monté les marches menant à mon bureau et je me suis installé devant l'écran. La vision de la page vierge a provoqué en moi l'angoisse familière à l'idée d'oser une première ligne ; comme l'empreinte d'un pas dans la neige, elle allait y laisser sa trace, celle qui m'indiquerait la direction à suivre. J'ai temporisé en allumant une cigarette ; mes mains sont restées suspendues au-dessus des touches et, l'œil au plafond, je me suis absorbé dans la contemplation des arabesques de fumée pendant que se bousculaient les possibles *incipit*. N'avais-je pas déjà épuisé tous les sujets, ceux qui, inspirés par ma propre histoire, méritaient un développement, un embellissement ? Pouvais-je faire confiance à mon imagination, bâtir un récit qui ne fasse pas appel à mes souvenirs, inventer un personnage qui ne soit pas moi ?

Une image m'a arraché un sourire : celle d'une poule portant dès sa naissance le capital d'œufs qu'elle produira au total durant sa courte existence. En serait-il de même pour un auteur ? Aurais-je déjà pondu la totalité des livres que je portais ?

Je viens de lire votre dernier roman !

m'avait dit récemment un lecteur à qui j'ai eu la tentation de répondre :

Qu'est-ce qui vous laisse penser que c'est le dernier ?

Et s'il avait raison ? Si j'avais en effet écrit mon ultime roman ? Ce qui m'angoissait n'était pas tant l'idée que le monde de la littérature en souffrirait – mon narcissisme n'allait pas jusque-là –, mais que je perdrais ma plus grande source de joie. Alors j'ai résisté à la tentation de m'évader, de balayer la page blanche pour la remplacer sur mon écran par des contenus plus attrayants, de rechercher une image, une information ou de consulter une fois encore mon courrier déjà lu et relu. Tout aurait été bon pour échapper au vertige qui me gagnait. La maison était si calme à l'heure de la sieste, pourquoi ne pas m'assoupir au creux d'un canapé ou mieux encore sortir pour m'allonger sur un lit de jardin, à l'abri de la tonnelle ?

Le soleil caressait les voilages gonflés par la brise, la branche d'un cerisier y projetait son théâtre d'ombres, offrant un spectacle naïf qui aurait pu inspirer Irène : en serait né sans doute un poème, qui serait venu s'ajouter à ceux de son recueil. J'ai essayé d'en imaginer les premiers vers mais j'ai eu peine à retrouver la légèreté de son style. J'ai compris pourquoi quand j'ai repensé à ma trahison de la veille.

Irène était sombre et lointaine en cette période. Elle ne laissait plus traîner le cahier sur lequel elle aimait que je jette un œil indiscret, mais je savais pourtant qu'elle continuait à en noircir les pages. De mon côté je lui épargnais mes plaintes sur l'assèchement de mon inspiration ; depuis quelque temps nous nous ménagions, d'un accord tacite. Mais ce jour-là j'ai décidé de cesser de m'aveugler et je me suis autorisé à violer le secret de ses nouveaux poèmes : ils étaient là, abandonnés au creux du fauteuil dans lequel elle aimait se blottir. Était-ce un oubli volontaire ? Je suis passé devant son cahier plusieurs fois puis, n'y tenant plus et sans en toucher les pages, je me suis penché sur sa fine écriture.

Je l'ai aussitôt regretté : une lumière crue remplaçait la douceur des pastels, la douleur des sujets laissait loin derrière elle la naïveté enfantine à laquelle j'étais habitué. Je m'en suis rapidement détourné, ne voulant voir aucun présage dans l'image du flot de fourmis ruisselant comme des larmes sur les joues d'une poupée abandonnée ou celle de la fillette pagayant à contre-courant sur sa petite embarcation, entraînée inéluctablement vers la chute d'eau.

Je ne voulais pas savoir que son mal était revenu.

Le choc sur le plancher a fait sursauter Irène, surprise par la violence avec laquelle Paul repoussait son fauteuil de bureau. Était-ce le signe de son exaspération due au manque d'inspiration ? Elle savait qu'il souffrait et s'obstinait, silencieux, solitaire, alors elle l'a appelé, sans succès : seul un lointain fond musical résonnait dans la maison. Elle aimait le taquiner sur l'apparition de ses premiers signes de surdité mais l'absence de réponse de Paul l'a inquiétée. En vain elle a haussé le ton mais sa voix est restée sans écho pendant qu'une image dérangeante survenait : des galets lancés par un enfant sur la surface d'un étang qui, au lieu de ricocher, s'enfonçaient dans une eau noire.

Elle a gravi l'escalier avec précaution : peut-être allait-elle surprendre son mari collé à son écran, absorbé au point qu'il n'aurait pas entendu craquer les marches.

Elle raconterait plus tard à Paul comment elle l'avait trouvé *en vrac* au pied de sa table de travail, dont il avait heurté le bord dans sa chute. Du sang sur son front dessinait une étoile écarlate. Une cigarette achevait de se consumer dans le cendrier, une tasse de café refroidissait et en sourdine le deuxième mouvement du *Concerto en sol* de Maurice Ravel, une de leurs œuvres préférées, égrenait ses accords pendant que défilaient sur l'ordinateur les photos de l'économiseur d'écran. Elle s'est précipitée vers lui, s'est agenouillée, a pris sa main qui est restée inerte, lui a parlé, l'a secoué. Les secondes passant, elle avait l'impression que la peau du visage de Paul prenait une teinte bleuâtre ; elle guettait un souffle, sans succès.

Il faut agir, lui criait une voix énergique, *il faut courir au téléphone*. Dévalant les escaliers pendant que l'*adagio* déployait obstinément sa mélancolie, elle s'est affolée à retrouver le numéro qu'il fallait composer. Les chiffres se bousculaient dans son esprit, quel était celui au bout duquel une voix secourable lui indiquerait la marche à suivre ? Elle en a tapé deux au hasard, ses doigts accrochant le rebord des touches, dérapant sur le clavier. Il fallait croire qu'elle avait mémorisé le bon numéro puisqu'un message enregistré lui a annoncé qu'elle venait d'appeler les pompiers.

On lui demandait de ne pas quitter, elle s'est alors dit que c'était Paul qui ne devait pas la quitter, c'était impensable. Il ne pouvait pas l'abandonner, pas maintenant, pas dans ce moment où elle se sentait au bord du gouffre. La présence de son mari lui était plus que jamais indispensable : elle savait qu'elle lui cachait cette menace qui l'avait inquiété mais elle le voulait auprès d'elle, même s'il ignorait ce qui la rongeait, même si elle sentait que la main de Paul ne suffirait pas cette fois à la sauver de la noyade.

Enfin, très vite, une voix lui avait répondu, posée, une voix de femme à laquelle elle s'était cramponnée et qui allait l'accompagner durant cette interminable demi-heure, l'inviter à se calmer, lui indiquer les gestes à accomplir. Elle était remontée auprès de Paul, toujours inerte, et sur les conseils de la femme elle avait couché son mari en *PLS*.

Qu'est-ce que c'est?

avait-elle demandé en larmes, honteuse de l'ignorer :

Position latérale de sécurité, en chien de fusil si vous préférez, pour éviter les risques d'étouffement,

avait répondu la voix si calme.

Chacune des questions de son interlocutrice était une torture. Est-ce que la main de son mari réagissait à la pression ? *Non.* Est-ce qu'elle percevait une respiration ? *Non.* Est-ce qu'elle sentait un pouls, au poignet, au cou ? Cette succession de *non* la désespérait, elle qui désirait tant pouvoir ouvrir une fenêtre d'espoir avec un *oui*, évoquer un souffle de vie, un tressaillement, entendre à l'autre bout du fil la voix affirmer que c'était bon signe. La femme lui avait alors dit qu'elle l'accompagnerait jusqu'à l'arrivée des secours, ils étaient prévenus, ils étaient en route. Irène s'était accrochée à la voix bienveillante qui lui prodiguait ces conseils tout en espérant un bruit de moteur à l'extérieur, une sirène qui viendrait déchirer le silence du village, ce calme qu'elle appréciait tant d'ordinaire et qui lui était devenu ce jour-là insupportable.

Ils furent enfin là. Des portières claquaient, on s'agitait sur le perron, on sonnait. Avant de raccrocher elle avait remercié la voix qui lui souhaitait bon courage, lâché la main de Paul qui avait glissé de la sienne comme un oiseau mort et elle s'était précipitée. Une petite foule s'était engouffrée dans la maison, soudain remplie de blouses blanches mais aussi d'uniformes bleu marine, ceux des pompiers qui accompagnaient le SAMU. Toute l'équipe avait grimpé à l'étage, sauf Irène, qu'une main ferme avait retenue :

Laissez-nous faire, madame.

Il allait lui falloir attendre, marcher de long en large, résister à la tentation d'interpeller les sauveteurs, sachant qu'elle n'obtiendrait pas davantage de réponse qu'avec Paul tout à l'heure ou, au mieux, un nouveau *laissez-nous faire madame* un peu agacé. Elle avait essayé de saisir quelques mots de leurs échanges, mais n'avait entendu que des termes techniques, des piétinements, un brutal *regarde, il s'est pissé dessus,* des *toujours rien?* puis un *on s'écarte!* qui lui avait rappelé les séries télévisées dans lesquelles une équipe médicale survoltée tentait de sauver un patient en lui faisant subir un choc électrique.

Enfin, tout à coup, après une éternité, elle avait entendu un râle ou plutôt un ronflement puissant suivi d'un *quelle heure est-il?* prononcé d'une voix embrumée par son mari, cette phrase avec laquelle elle était revenue à la vie en même temps que Paul.

Quelle heure est-il ?

Ma voix résonnait comme sous une voûte pendant que mes yeux fixaient le plafond. Ce que je contemplais n'était pas la blancheur de la page sur laquelle j'étais resté bloqué, ni la fameuse lueur au bout d'un tunnel évoquée par ceux qui reviennent de la mort et prétendent avoir entrevu Dieu, mais une trouée de lumière au milieu d'une forêt de jambes. Couronnant ces fûts en perspective, j'apercevais des visages penchés vers moi. Allongé de tout mon long au centre de la clairière, étonnamment calme et lucide, j'ai aussitôt compris qu'il venait de m'arriver quelque chose de sérieux, à en juger par l'agitation de la troupe qui me dominait et me soulevait pour m'installer sur un brancard. On m'a fait descendre l'escalier, comme porté en triomphe par des bras énergiques ; pendant la traversée du salon j'ai aperçu Irène qui a approché son visage du mien, j'ai vu mon reflet dans le miroir de ses yeux noirs, je lui ai demandé *quelle heure est-il?* et c'est son regard anxieux que j'ai emporté avec moi dans l'ambulance.

Pourquoi m'était-il devenu si important de connaître l'heure ? Je n'avais que cette idée en tête, obsédante. Durant le trajet en ambulance, j'ai cru comprendre que cette question en cachait une autre : *combien de temps suis-je mort?* Que s'était-il passé entre mon moment de vertige face à la page blanche et mon réveil dans la clairière ? Du côté d'Irène, je l'imaginais aisément : une grande détresse, l'appel aux secours, l'attente interminable, les gestes qu'elle avait su accomplir ainsi que ceux des sauveteurs qui avaient ramené la victime inconsciente chez les vivants. Mais de mon côté, durant ce *temps mort*? L'infirmier en blouse blanche assis à côté de mon brancard m'a souri :

Votre cœur ne battait plus, vous avez de la chance, votre femme a eu les bons gestes en attendant les secours !

Il m'a fait la conversation, sans doute afin que je ne m'endorme pas de nouveau – *à jamais?* –, puis il m'a demandé :

Vous vous souvenez de quelque chose ?

Oui, je me souvenais parfaitement : il n'y avait rien. Entre ma contemplation des volutes de fumée et mon réveil dans la clairière, le néant absolu. Sûrement pas la longue théorie de mes chers disparus venus me souhaiter la bienvenue, pas davantage de musique céleste et moins encore les bras ouverts du Créateur. Rien, un effacement pur et simple.

Ce n'est que cela !

Cette certitude avait quelque chose de rassurant : mon esprit ne s'était pas détaché de moi pour me contempler d'en haut, gisant sur le sol avant de gagner un ciel hypothétique. Si l'âme existait, elle ne s'était pas éloignée de mon corps mais était plutôt restée couchée sur lui, comme un chien sur la tombe de son maître.

Il est parti là où l'on va après.

Bercées par les cahots de l'ambulance, mes pensées vagabondaient et me serinaient la phrase prononcée pudiquement par ceux qui veulent évoquer le mystère de cet au-delà que l'on connaît : le livre des souvenirs de ceux qui nous ont aimés. J'avais commencé à me blottir au creux de cet espace et je m'y serais installé à jamais si Irène n'avait tout fait pour me ramener à la vie. Mais juste avant le néant ? Quelles furent mes dernières pensées ? Cet accident en était-il vraiment un, ou avais-je choisi, à ma façon, de disparaître ?

C'est le cœur.

Je pensais pour chercher à me rassurer qu'une chute de tension ou un malaise vagal allait expliquer mon malaise, autant d'hypothèses que je rameutais pour éviter d'imaginer quelque accident vasculaire cérébral. Celui de ma mère l'avait laissée muette et oublieuse de la moitié de son corps, la condamnant, ainsi que mon père, à la réclusion perpétuelle.

Non, c'est bien le cœur, votre cœur qui s'est arrêté un moment…

m'a dit le docteur Dampierre du haut de ses deux mètres avec son sourire bienveillant, sa silhouette dégingandée et sa chevelure en bataille.

C'était le moment de lui poser la question qui m'obsédait :

Combien de temps suis-je mort ?

Comme s'il n'avait pas entendu, il a poursuivi, imperturbable :

… mais qui a bien voulu reprendre son activité, un peu chaotique certes mais suffisante pour que vous ne présentiez pas de séquelles !

Il a fait remonter un fin tuyau équipé d'une caméra microscopique depuis mon aine jusqu'à l'intérieur de l'organe palpitant qui avait choisi de rompre son rythme habituel. Voulais-je suivre sur un écran la trajectoire de l'engin espion ? J'ai décliné l'offre, peu désireux d'assister à ce voyage dans mes canaux, image qui allait m'obséder à l'avenir, et j'ai préféré m'en remettre à son jugement. Il a annoncé son verdict :

Votre cœur ne peut plus se débrouiller seul maintenant, il va falloir l'aider, a-t-il ajouté, *avec ce petit appareil qui va réguler ses battements.*

Il m'a montré le prodige de technologie qu'il allait introduire dans ma poitrine et qui enverrait régulièrement ses impulsions.

Vous serez un homme bionique, un homme augmenté, en somme, plaisanta-t-il.

Augmenté ? Moi qui me croyais plutôt diminué !

Même dans cette situation, j'ai mis un point d'honneur à montrer au médecin que rien ne pouvait me faire perdre le sens de l'humour.

Il a ri :

Mais non ! Vous allez vivre comme avant, vous oublierez vite ce gadget dans votre poitrine !

Je n'ai pas voulu contredire mon bon géant mais je ne voyais pas comment je pourrais oublier que ma vie serait dorénavant suspendue à une batterie de la taille d'une ancienne pièce de cinq francs, celle qui circulait quand j'étais plus jeune, à l'époque bénie où mon cœur ne se manifestait que dans les grandes occasions, frétillant baromètre de mes émotions. J'ai repoussé une image, celle d'un lapin en peluche tapant sur un tambour, ce jouet d'enfant dans lequel on introduit une pile pour le voir s'animer. J'ai préféré croire en la magie d'une présence amicale, tapie sous ma peau et qui veillerait à me maintenir en vie. Le docteur Dampierre m'a expliqué en détail le fonctionnement de son miracle de technologie, je lui ai répondu que c'était un domaine auquel je restais farouchement étranger et que j'aimais assez habiter un monde qui m'échappait.

J'ignorais en effet comment fonctionnaient les objets dont je me servais : j'étais un homme du dix-septième siècle égaré au vingt et unième. À l'époque de Molière et de Racine, j'aurais eu la capacité de comprendre la source de l'énergie qui animait les machines dont j'étais entouré : le vent, l'eau ou la force des chevaux ; aujourd'hui l'électricité, les ondes, l'énergie nucléaire ou le numérique représentaient autant d'énigmes pour moi. Je ne maîtrisais aucune des techniques que j'utilisais au quotidien : la notion du *sans fil* relevait du miracle et la moindre télécommande possédait pour moi le charme et le pouvoir d'une baguette magique.

J'ai décidé qu'il en serait de même pour ma pile.

Peu de temps après mon court séjour du côté des morts, avec au creux de ma poitrine le gadget dont dépendait dorénavant ma vie, j'avais repris mes activités et je participais à l'un de ces colloques qui me valaient de fréquentes sollicitations. Je ne parvenais pas à les refuser, malgré ma lassitude : ces moments de partage avaient au moins le mérite de m'arracher au sentiment de solitude et au désert de mon inspiration. Mais, tranchant avec les précédentes, ma conférence de ce jour-là avait été marquée par une rencontre singulière.

Pour le titre de mon intervention, j'avais choisi *Deuil en vingt-quatre heures*, en référence à cette annonce que l'on pouvait lire au fronton des teintureries de mon enfance, qui proposaient de transformer rapidement les vêtements trop clairs en tenues de circonstance. Ce n'était pas ce message que je lisais lorsque je passais devant les vitrines où s'affichait l'offre : à l'époque, la naïveté de mon jeune âge me laissait penser que ces officines vous permettaient d'oublier le défunt en l'espace d'une journée. Cette image du passé avait réveillé des souvenirs chez plusieurs des auditeurs de ma génération, à en juger par leur réaction. Ma communication démarrait sur cette carte postale un peu jaunie, à partir de laquelle je développais l'idée de l'impossibilité du deuil. Je poursuivais sur la notion d'inexistence de la mort pour l'inconscient, avec pour preuve ces rêves où la visite des défunts ne provoquait en nous aucun étonnement mais nous amenait au contraire à poursuivre paisiblement avec eux un dialogue interrompu.

J'enchaînais sur la difficile perspective de la consolation, lorsqu'elle s'associait à l'idée de faire une seconde fois disparaître l'être aimé, idée aussi insupportable que celle d'effacer son nom sur un répertoire téléphonique. Ce thème m'amenait à ce que j'estimais, de façon un peu présomptueuse, être le morceau de bravoure de mon exposé : une revisite du voyage d'Orphée aux enfers et de son impatience fatale qui avait renvoyé Eurydice sur les rives du Styx. Je faisais pour cela référence aux théories affectionnées par mon ami d'enfance Mando, l'un de ces fantômes qui m'accompagnaient en permanence. À l'époque de notre adolescence, fasciné par ce mythe, il tentait d'en réinventer différentes versions au cours de nos conversations passionnées. Je reprenais l'hypothèse, qu'il avait alors avancée, d'un *acte manqué* de l'amoureux désespéré qui avait ruiné la possibilité de retrouver celle qu'il avait arrachée aux bras du dieu des enfers. Je l'interprétais comme une manifestation de son désir inconscient, le plus profond et le moins avouable : maintenir la perte de son objet d'amour et cultiver la jouissance de son deuil, génératrice de chants sublimes.

Le débat qui s'ensuivit fut animé. De nombreuses mains se levaient dans l'assistance, certains de mes auditeurs doutant, comme moi, de la possibilité d'un véritable travail de deuil, d'autres ayant foi en la consolation que permettait le baume du temps, aussi cruelle fût la douleur. À l'appui de ce dernier point de vue, un des participants me livra une autre version du mythe d'Orphée, dans laquelle Hadès proposait un marché au veuf éploré :

Nous allons peser ta douleur sur cette balance et dans une année tu reviendras afin que nous la pesions de nouveau : si son poids est égal à celui d'aujourd'hui alors tu pourras repartir avec ta bien-aimée, si en revanche il est plus léger alors Eurydice restera à jamais dans mon royaume.

Orphée accepte cette proposition sereinement, convaincu que sa peine ne connaîtra aucun soulagement, quel que soit le temps passé. Revenu des enfers, il continue de charmer humains et animaux avec sa plainte mélodieuse, sublimes chants puisés dans sa souffrance, mais un an plus tard, lorsqu'il se soumet de nouveau à l'épreuve de la pesée, il est bien obligé de constater que le temps, quoi qu'il en pensait, a allégé sa souffrance. Il perd alors Eurydice à tout jamais.

Qu'on le veuille ou non,

ajoutait l'intervenant en s'appuyant sur cette nouvelle version du mythe,

la consolation est inévitable : c'est un phénomène naturel que de faire mourir une seconde fois nos défunts.

Du fond de la salle la voix d'un contradicteur s'est alors élevée, qui a fait taire les bavardages, pour affirmer qu'il existait aujourd'hui une autre forme de consolation : bien loin de les faire mourir de nouveau, il était au contraire possible de reprendre avec eux le dialogue interrompu. Je ne pouvais distinguer le visage de l'intervenant, caché par une forêt de têtes, mais j'étais troublé par son assurance, tranchant avec la douceur de son timbre.

Reprendre le dialogue avec nos disparus? En pensée, je suppose?

lui ai-je alors demandé.

Du tout! a rétorqué mon interlocuteur invisible, *pas en pensée, mais dans un véritable échange avec eux!*

Embarrassé, j'ai aussitôt imaginé avoir affaire à l'un de ces adeptes du spiritisme, repensant à ces réunions auxquelles j'avais participé dans ma jeunesse crédule avec Mando, autant féru de sciences occultes que de mythologie, où, sous la direction d'un médium halluciné, nos mains faisaient cercle sur un guéridon dans l'atmosphère oppressante d'une pièce obscure.

J'ai eu la tentation d'amuser la salle et peut-être, ce qui était moins avouable, de ridiculiser l'intervenant avec une invocation du style *Esprit es-tu là ?*, mais l'autorité qui émanait de la voix de mon contradicteur m'en a dissuadé. Les réactions ironiques qui commençaient à fuser de la salle m'ont incité à couper court à cet échange pour donner la parole à d'autres participants, afin de maintenir le sérieux de la rencontre.

Les organisateurs du colloque m'avaient suggéré, afin de rendre la rencontre plus vivante, de clore mon intervention par la lecture de certains de mes textes, accompagné au violoncelle par un musicien qui devait en ponctuer les différents passages. Je fis ainsi la connaissance de Lucian au cours du déjeuner qui précédait la rencontre, pendant lequel il m'a annoncé son choix musical pour l'occasion : des extraits d'œuvres de Gabriel Fauré et surtout de George Enesco, compositeur emblématique de son pays natal, dont la mélancolie illustrerait idéalement mon propos. Nous nous sommes ouverts sur nos origines communes : la Roumanie, où mon grand-père avait grandi et qui était chère à mon cœur. Bien que n'y ayant jamais effectué de pèlerinage, ce pays me paraissait proche et mon musicien n'en fut pas étonné, me rappelant que Bucarest, à l'époque de nos aïeux, était surnommée le Petit Paris.

À la fin du repas, Lucian me dit avoir accepté la proposition des organisateurs car le thème du colloque le touchait tout particulièrement :

Comment le deuil pourrait-il être possible quand la perte de l'être aimé nous hante à jamais ?

avait-il ajouté, avec cet accent familier qui ravivait chez moi le souvenir de mon grand-père Moritz, roulant les *r* qui faisaient chanter chacune de ses phrases. Je ne pouvais qu'être en accord avec lui : en effet, comment supporter l'idée du *plus jamais* alors que nous ne pouvons sans vertige nous figurer la notion d'infini ? Puis il m'avait confié, avec une très grande émotion, à quel point son instrument l'aidait à supporter la disparition de son épouse, survenue peu de temps auparavant.

Lorsque nous nous sommes installés sur l'estrade, Lucian, d'un geste délicat, a calé l'imposant violoncelle entre ses jambes et, les yeux mi-clos, en a caressé le manche avant d'y appuyer son front. Une communion immédiate s'est établie entre nous. Nous respirions tous deux au même rythme ; je n'avais pas même à lui indiquer d'un signe de tête les moments où il devait intervenir, la voix grave de son instrument se glissant tout naturellement entre mes chapitres. L'attention de l'assemblée et son émotion palpable ont suspendu le temps jusqu'à la fin de la lecture. Lorsque je me suis tourné vers Lucian pour le remercier d'un sourire, j'ai remarqué que ses yeux s'étaient embués alors que son archet laissait filer dans le silence les dernières notes de l'*Élégie* de Fauré.

Au terme de notre prestation, beaucoup d'auditeurs sont venus à notre rencontre, certains pour acheter les enregistrements de mon musicien, d'autres pour me demander une dédicace ou pour échanger avec moi. Ils me faisaient part de leur expérience personnelle, quémandant des conseils ou, comme c'était souvent le cas, confiant au spécialiste de la douleur certains de leurs souvenirs les plus intimes.

À l'écart de la petite troupe massée autour de nous, j'avais remarqué un personnage singulier, tout de noir vêtu, qui ne perdait pas un mot de nos échanges. Sa tenue d'un autre âge tranchait avec son aspect juvénile, une redingote d'autrefois allongeait sa silhouette et lui donnait l'apparence d'un employé des pompes funèbres. Un fin lacet de cuir lui tenait lieu de cravate, et de son visage aigu jaillissait un regard vert qui nous transperçait. Lorsque nos interlocuteurs se sont dispersés, il s'est enfin approché de nous et, après m'avoir salué, s'est adressé à Lucian d'une voix dont la douceur tranchait avec son physique d'oiseau de proie. J'ai aussitôt reconnu le timbre singulier de l'intervenant invisible qui avait provoqué les réactions ironiques de la salle. La profonde émotion du violoncelliste ne lui avait pas échappé :

Vous êtes le ténébreux, le veuf, l'inconsolé !

lui dit-il aussitôt en citant Gérard de Nerval et, sans laisser au musicien le temps de répondre, il lui précisa :

Je travaille sur cette question depuis des années et j'aimerais vous faire découvrir ce que propose ma société, une invention qui pourrait grandement vous aider à apaiser votre douleur. Rien à voir avec les sciences occultes ni avec la mystique, rassurez-vous, je suis au contraire un scientifique !

ajouta-t-il en lançant vers moi un regard appuyé, comme si ma tentation d'ironiser sur son intervention ne lui avait pas échappé :

Quant à vous, me dit-il, *je suis certain que le théoricien du deuil que vous êtes serait aussi intéressé, venez donc nous rendre visite dans nos locaux !*

Interloqué, Lucian remercia avec froideur l'étrange visiteur qui le mettait mal à l'aise, et lui affirma que seul son instrument pouvait l'aider à supporter sa douleur. Quant à moi, je lui répondis simplement, et par pure politesse, que je penserai sérieusement à sa proposition et le contacterai certainement, car il avait aiguisé ma curiosité.

Comment pouvais-je imaginer que le jour était proche où je serais à mon tour *le veuf, l'inconsolé* ?

Vous ne le regretterez pas, ajouta-t-il en me fixant, *car le travail de mon équipe est pile dans votre propos.*

Il m'avait déconcerté à tel point que je me suis surpris à me demander s'il avait employé intentionnellement le mot *pile.* En guise d'au revoir il nous avait tendu à chacun une carte de visite sur laquelle une colombe déployait ses ailes et où l'on pouvait lire ses coordonnées, son nom : Jacob Shade, ainsi que celui de sa société : Ternity.

Après mon accident, durant le trajet dans l'ambulance, mon obsession de l'heure avait occulté une autre interrogation : mes dernières pensées avant que le noir se fasse avaient-elles provoqué mon arrêt cardiaque ? Je connaissais les ruses de mon corps, je savais qu'il avait pour habitude de se manifester lorsqu'une émotion le débordait, qu'il pouvait écrire en lettres rouges sur ma peau ce que je ne parvenais pas à formuler. Je pressentais maintenant, à la lumière de ce qui venait de se produire, qu'il était capable d'aller beaucoup plus loin encore. L'arrivée à l'hôpital avait mis ces questions de côté avec son lot d'examens, le passage dans le tunnel du scanner,

Non ce n'est pas un AVC, ni une tumeur...

puis enfin la consultation du docteur Dampierre et son verdict sur l'état de mon cœur.

Depuis mon retour à la maison, la mémoire m'était revenue : juste avant que les ténèbres ne s'installent, j'avais repensé aux poèmes les plus récents d'Irène que mon indiscrétion m'avait fait découvrir. J'en avais compris le message, sans que j'accepte de me le formuler, mais mon corps l'avait perçu et y avait réagi : le mal était de retour et il pouvait emporter la femme que j'aimais. S'il la terrassait de nouveau, comme cela avait été le cas il y a des années, Irène allait partir, me quitter, quitter Agnès et notre petit-fils, quitter ce monde. Voilà ce que me disaient les images de son recueil et cette insoutenable perspective m'avait aussitôt précipité dans le néant. Si je me demandais quel sens avait cet accident, j'avais maintenant la réponse : disparaissant avant Irène, je n'aurais pas à supporter son effroyable absence.

La plus douloureuse période de ma vie approchait : je pensais que notre victoire sur la crise que nous avions traversée, des années auparavant, nous avait mis à l'abri des orages pour le restant de nos jours, mais j'aurais dû savoir que la foudre peut frapper deux fois au même endroit.

Tout à ma renaissance dans les semaines qui avaient suivi mon accident et la pile dans ma poitrine accomplissant sa mission, j'avais accepté un grand nombre d'invitations à des colloques. Je ne voulais pas voir Irène continuer à s'étioler : mon bref passage dans le royaume des ombres l'avait rendue plus anxieuse encore, inquiète de mes silences, sursautant au moindre choc d'un meuble bousculé. Alors que je m'étais effacé d'une façon spectaculaire, elle avait au contraire choisi de disparaître discrètement, jour après jour. Ses bras m'avaient arraché à des eaux ténébreuses mais je ne parvenais pas à saisir sa main qui fuyait la mienne; je tentais avec précaution de la questionner, sans succès : du fond d'un puits elle n'entendait plus mes appels et se noyait en silence.

Je m'en étais ouvert auprès d'Agnès qui n'avait pas remarqué l'effondrement de sa mère : sa nouvelle vie l'accaparait, son fils et son mari prenaient dorénavant tant de place dans son existence que je ne souhaitais pas jeter une ombre sur son bonheur nouveau. Une crise passagère, lui avais-je dit, dont un vrai dialogue viendrait à bout, comme ce fut le cas autrefois, lorsque l'effondrement de sa mère nous avait tous trois jetés dans le désarroi. L'inquiétude est un poison, aussi je me voulais rassurant, mais le pire était toujours sûr et ce que je redoutais s'est produit.

Est-il écrit que nous devons tous mourir d'une blessure d'enfance dont nous n'avons pas su guérir et qui, sans cesse prête à se réveiller, dort d'un sommeil de chat au plus profond de nos souvenirs ? Celle d'Irène accomplissait silencieusement en elle son travail de destruction et j'aurais pu connaître le même destin si un séjour sur un divan libérateur n'avait chassé les ombres qui planaient sur ma famille, me léguant leur héritage en fardeau. Je savais aussi ce qui avait amené mon père à abréger le calvaire de sa femme et à mettre fin à une existence devenue pour eux deux un véritable enfer.

Ne pleure pas, Paul, on perd toujours ses parents.

Sa lettre d'adieu, déposée en évidence sur son bureau, se terminait par ces mots. Aussi douloureux que ce fût, j'avais compris et accepté la décision de ces deux anciens athlètes que la vieillesse et la maladie avaient condamnés à la réclusion, mais les parents d'Irène ne lui avaient pas offert cette possibilité, et cette interrogation obsédante pesait sur son existence : avaient-ils choisi de précipiter leur voiture dans l'abîme ou avaient-ils été victimes d'une défaillance mécanique ? *On perd toujours ses parents,* sans doute, mais les circonstances de leur disparition étaient restées opaques pour Irène : le silence familial dans lequel elle avait grandi laissait planer le doute et avait maintenu cette question brûlante.

Cette question qui est devenue la mienne après son accident.

Irène ouvrit grands les yeux dans l'obscurité. Elle émergeait d'un rêve dont ne restaient que des bribes mais elle ne pouvait en effacer certaines images, trop violentes. Dans le silence de la nuit, elle sut aussitôt que le malaise diffus dont elle souffrait depuis ces derniers temps annonçait le retour de l'ennemi, celui qui privait les petits matins de leur couleur et recouvrait les journées d'un voile de deuil. Il allait coller à ses pas tout au long de la journée, la forçant à s'extirper d'une gangue de boue à laquelle elle ne se sentait plus la force d'échapper. Elle ne pourrait pas revivre cette épreuve, c'était trop lui demander : l'amour qu'elle éprouvait pour son mari, pour sa fille, et leur petit-fils qui avait pourtant apporté sa lumière dans leur vie, ne suffisait plus à lui donner la force de continuer.

Paul dormait profondément, elle percevait le souffle de sa respiration régulière ainsi que ce léger ronflement qui la rassurait quand elle se réveillait en sursaut, guettant chez lui un signe de vie qui lui permettrait de se rendormir. Depuis l'accident de son mari elle était en permanence sur le qui-vive, craignant d'avoir à revivre son affolement lorsqu'elle l'avait découvert inerte sur le tapis de son bureau, puis l'insupportable attente pendant que les secours s'efforçaient de le ranimer. Cette inquiétude qui l'habitait maintenant l'avait privée de ses dernières forces.

Depuis que Paul était revenu à la vie il se montrait distant, même s'il était encore capable de gestes de tendresse. Il s'étourdissait en voyageant sans cesse pour se rendre à ces congrès dont la préparation occupait sa pensée. Oubliés, ces délicieux moments où l'écriture d'un roman le rendait à la fois lointain, tout à sa tâche, mais pourtant si proche. Réfugié sur sa lunette de vigie, il écrivait des journées entières et elle pouvait entendre, depuis la mezzanine, le cliquetis des touches signalant l'avancée de l'ouvrage dont il lui lirait quelques pages au coin du feu, la sérénité du soir revenue.

Paul soupira et se retourna sans se réveiller, murmurant quelques paroles inintelligibles. Elle sortit du lit sans bruit et, conduite par une main impérieuse, monta comme une somnambule dans le petit bureau qu'elle s'était aménagé sous les combles : la photo l'appelait. Elle sortit l'enveloppe qu'elle cachait dans le tiroir de son secrétaire et contempla le cliché sur lequel souriait une famille heureuse, face à un panorama de collines boisées. C'était l'un des rares souvenirs qu'elle possédait de ses parents : on l'y voyait blottie entre leurs deux hautes silhouettes, fixant l'objectif de l'appareil avec un sourire sans joie.

La petite fille au regard triste connaîtrait une enfance solitaire, écrirait des poèmes, rencontrerait l'homme de sa vie, donnerait naissance à celle qui deviendrait mère à son tour, perdrait un enfant avant même de l'avoir entendu pleurer, ne se remettrait jamais de l'absence de ceux qui l'avaient laissée en chemin, serait plusieurs fois tentée par l'abîme, se refermerait peu à peu sur sa douleur sans avoir la force d'appeler au secours, aimerait passionnément celui qu'elle allait quitter cette nuit sans même lui dire adieu.

Ce raccourci vertigineux lui était inspiré par la vision de l'image jaunie : dominant le paysage que ses parents affectionnaient, elle savait précisément à quel endroit la photographie avait été prise. Elle revoyait leur petit groupe attendant avec un sourire figé que le retardateur de l'appareil déclenche la prise de vue. La photo immortaliserait ce moment de quiétude sur l'aire de repos d'une route nationale toute en lacet, itinéraire que ses parents et elle empruntaient chaque été pour se rendre sur la plage normande d'Horville, leur lieu de villégiature. Elle frissonna, sachant qu'il était maintenant trop tard pour reculer : une voix lui disait que sa voiture devait la conduire à cet endroit précis, au rendez-vous qui ne pouvait plus attendre. Aussi fou que cela puisse paraître, elle allait descendre au garage, prendre le volant alors qu'il faisait encore nuit noire et se rendre en ce lieu qu'à l'évidence ses parents avaient choisi pour précipiter leur véhicule contre le parapet.

Ils ne la laisseraient plus seule. La petite fille qu'ils avaient abandonnée à son chagrin serait cette fois assise sur le siège arrière, serrant une poupée de chiffon entre ses bras, et c'était avec eux qu'elle allait plonger dans le néant.

As-tu choisi ce ravin dans lequel ta voiture s'est abîmée ? Qu'allais-tu faire au petit matin sur cette route, si loin de chez nous ? Il m'est insupportable de ne pas t'avoir entendue te lever, quitter notre chambre et faire démarrer ta voiture. Je reviens sans cesse en arrière pour rembobiner le film de cette nuit-là et en projeter un nouveau : je m'y vois te poursuivre dans les escaliers, te rattraper avant qu'il soit trop tard, te serrer dans mes bras et t'envelopper de mon amour.

II

Lorsque mon cœur s'était arrêté, la nuit aurait pu se refermer sur moi sans que j'en sache rien mais Irène m'avait fait revenir du néant avec la force de son amour, ce néant qui depuis avait pris sa revanche. Au poids de sa mort venait s'ajouter celui de ma culpabilité : je n'avais pas réussi à arracher ma femme à ses sables mouvants. Quelques années auparavant, ma colère avait eu raison de sa douleur et je ne pouvais m'en vouloir de la brutalité avec laquelle je l'avais saisie à bras-le-corps, allant jusqu'à la gifler pour la première fois de ma vie, tant cette violence nous avait permis de renouer un dialogue devenu impossible. Après l'avoir ramenée à la vie je m'étais senti rassuré, convaincu que je saurais désormais me montrer vigilant et percevoir les lointains coups de tonnerre avant que la foudre ne s'abatte. Je me trompais : cette fois je n'avais rien entendu, occupé que j'étais à séduire mon auditoire au cours de ces rencontres qui se multipliaient. Je m'étais obstiné dans ma surdité jusqu'à ce que la réalité du malheur d'Irène, sous la forme d'une voiture fracassée, me saute au visage. Je maudissais le tourbillon d'activités qui m'avait étourdi après mon accident et le sommeil de plomb dans lequel je sombrais chaque nuit, qui m'avaient rendu sourd à la détresse d'Irène. Ces questions sans réponse se bousculaient dans mon esprit et n'avaient cessé de me torturer après le drame, mais les circonstances de sa disparition faisaient à tel point écho à celle de ses parents qu'il était impossible d'évoquer un malheureux hasard.

Touché par l'onde de choc de mon accident et avant d'être anéanti par celui d'Irène, j'avais cherché à oublier mon bref séjour chez les morts dans un sommeil sans rêves, ou dans le réconfort que m'apportait l'attention de mes auditeurs. Installé dans mon cocon, j'étais heureux de me réveiller tôt le matin dans le calme de notre grande maison, à l'abri des tempêtes. Chaque journée était une preuve de ma victoire sur la mort et mon refuge en pleine campagne un territoire gagné sur la mer déchaînée. Puis le barrage a cédé dans le tumulte de l'annonce qui a fait voler mon confort égoïste en éclats.

Le somnambule que j'étais devenu après le coup de téléphone de la gendarmerie avait accompli les actes nécessaires, dont le plus éprouvant : me rendre à l'hôpital pour *reconnaître le corps*, selon les termes du fonctionnaire dont la voix se voulait compatissante. Plus encore que l'annonce elle-même, la formule m'avait giflé : ce corps si léger, dont je connaissais sur le bout des doigts les courbes et les parfums, ce corps désiré était brutalement devenu *un corps*.

Il m'avait fallu appeler Agnès, chercher en vain à trouver les mots les moins violents dont je savais, aussi choisis soient-ils, qu'ils allaient l'anéantir, l'entendre s'effondrer à l'autre bout du fil, me précipiter chez elle pour recueillir sa douleur au creux de mes bras et constater que mes yeux restaient secs : ma détresse avait dépassé le seuil des pleurs, comme cela avait été le cas à la mort de mes parents, comme si j'obéissais encore, des décennies plus tard, à l'impératif paternel : *Ne pleure pas, Paul.*

Dans ce bouleversement, j'avais repensé aux larmes versées lors de la disparition de chacun des animaux dont nous nous étions toujours entourés. Pourquoi, au pire moment, avais-je revécu la perte de leurs douces présences? Sans doute parce que ces larmes étaient alors à la juste mesure de mon chagrin, sincère et simple chagrin tellement en deçà de l'abîme qui s'ouvrait sous mes pieds.

Ce fut ensuite la série des éprouvantes démarches administratives. J'ai organisé comme sous hypnose les obsèques qui eurent lieu quelques jours plus tard. À peine conscient, j'y assistai au bras de ma fille et en compagnie des rares amis qui nous restaient. Je prenais alors la mesure de l'isolement dans lequel Irène et moi nous étions installés. Anesthésié, j'étais le témoin impassible d'une trop courte cérémonie, expédiée par l'indifférent ordonnateur des pompes funèbres, pendant laquelle les sanglots d'Agnès et les étreintes de nos proches ne suffisaient pas à me convaincre de la réalité du drame que nous traversions.

Sur le chemin du retour, ma fille et son mari m'avaient proposé de m'héberger quelque temps afin de ne pas me laisser seul, perspective que j'avais refusée, imaginant que le bonheur du jeune couple, le spectacle de leurs échanges et de leurs gestes de tendresse ainsi que l'explosion de vie de leur petit garçon me paraîtraient insupportables. J'ai tourné le dos à leur sollicitude, pris le volant et laissé ma voiture emprunter la route familière qui menait jusque chez nous – *chez moi, désormais* –, ouvert le portail, traversé le jardin et pénétré dans la grande maison où, tapie dans l'ombre, m'attendait la cohorte des fantômes : ceux d'Irène, de notre vie passée et de mon bonheur perdu.

Nous savons tous que les fantômes existent. Les morts qui nous hantent ne portent pas de suaires, ni de chaînes aux tintements lugubres, ils n'en réclament pas moins leur dû, nos chers disparus, ces spectres exigeants. Dans notre maison désertée, la présence d'Irène n'avait pas tardé à se manifester : un craquement de plancher, une porte claquée par le vent, ces bruits familiers qui me laissaient espérer l'appel attendu :

Je suis rentrée, tu es dans ton bureau ?

Je sursautais au moindre grincement de la charpente, au moindre soupir de la cheminée dans laquelle s'engouffraient les bourrasques ; un souffle d'air frais me faisait me retourner, comme une caresse de sa main sur mon cou. Chaque matin je préparais un café pour deux après avoir dormi – quand toutefois je parvenais à trouver le sommeil – sans pouvoir me résoudre à occuper le milieu du lit. Dans le tiroir d'un meuble de la salle de bains, j'avais entrepris d'enfermer ses produits de beauté mais au moment de les ranger je n'ai pu résister au besoin de dévisser le bouchon de son parfum : tel le génie de la lampe, Irène avait jailli du flacon, remplissant la pièce de ses effluves autant que de son absence. Puis, après avoir longtemps hésité, j'étais monté dans la petite pièce qu'elle s'était aménagée sous les combles, où elle se réfugiait pour écrire ses poèmes. Peut-être voulais-je y découvrir un message qu'elle m'aurait adressé avant de quitter la maison : pensais-je y lire un nouveau *Ne pleure pas, Paul*? Les cahiers d'écolier remplis de sa fine écriture reposaient sur son secrétaire et je m'en détournai, incapable de les ouvrir de nouveau. Rangés en haut de la pile, les plus récents de ses haïkus tentaient de sublimer sa souffrance; dans le journal de sa descente aux enfers gisaient la poupée brisée et la petite fille qui pagayait à contre-courant, terrifiée par le grondement de la chute d'eau qui se rapprochait. Était-ce là sa lettre d'adieu? Je me souvenais de ce qu'elle avait pu me décrire, après sa première crise, quand elle avait enfin accepté de me parler de ses réveils sous une chape de plomb et de l'effort immense que lui coûtait chaque geste du quotidien.

C'est en ouvrant le tiroir de son bureau que j'ai découvert la photographie, à demi sortie de son enveloppe. J'ai regardé avec tendresse la petite fille qui enlaçait ses parents mais j'ai ressenti un choc à la vue du paysage devant lequel posait cette famille heureuse : l'aire de repos sur la route de leurs vacances à Horville, au-dessus du splendide panorama, si semblable au lieu d'où avait plongé sa voiture.

Dans les jours qui ont suivi, pour ne plus avoir sans cesse ces reliques sous les yeux, j'avais effectué le plus difficile des rangements : celui des vêtements abandonnés un peu partout dans notre chambre, désordre témoin du mal-être de celle qui aimait tant voir chaque chose à sa place. Chemisiers, robes ou peignoirs gisaient sur le dos d'un fauteuil ou pendaient à une patère, enveloppes vides sur lesquelles j'ai refermé à jamais la porte d'un placard.

La vie sans Irène pouvait-elle commencer? Le spécialiste du deuil qui n'avait cessé de développer cette idée dans chacune de ses conférences savait que c'était impossible. J'allais en connaître maintenant la réelle expérience : la moindre de mes actions se ferait dorénavant dans son ombre et la femme de ma vie se pencherait toujours sur mon front pour y déposer un baiser, sa tête se poserait encore sur mon épaule lorsque nous écouterions l'une de nos œuvres préférées et son sourire perdu accompagnerait chacun de mes gestes. Les effets de l'anesthésie qui m'avait privé de toute émotion s'étaient peu à peu dissipés pour laisser place aux vagues de la douleur ; elles avaient fait voler en éclats les digues que j'avais bâties pour m'en protéger. Le temps en apaiserait-il un jour la brûlure ? Je m'apercevais que je ne souhaitais pas que ma plaie se referme et j'avais pris en horreur le mot *consolation*.

Un petit chat gris aux yeux d'or qui rôdait depuis quelque temps dans le jardin et acceptait nos caresses s'enhardit pour la première fois jusqu'à la cuisine où je le régalai d'un reste de terrine. Il ne manifesta aucune intention de ressortir et visita chaque pièce de la maison pour prendre enfin possession du canapé du salon, semblable à un coussin de fourrure venant s'ajouter à ceux qui en encombraient l'assise. Sa présence silencieuse et discrète était la bienvenue, mes allées et venues se feraient dorénavant sous le regard de ce petit sphinx.

Il m'arrivait de ressentir la nostalgie des colloques auxquels j'aimais tant participer mais je trouvais maintenant la force de refuser ces sollicitations, qui continuaient pourtant d'affluer : si elles pouvaient me distraire de l'accident qui avait failli m'emporter, elles ne tiendraient jamais à distance celui qui avait eu raison d'Irène. Je repensais parfois à l'intervention de l'auditeur qui m'avait surpris avec sa nouvelle version du mythe d'Orphée et j'étais convaincu, comme le héros mythologique, que ni les mois, ni les années n'allégeraient le poids de ma souffrance. Hadès me prouverait-il un jour le contraire ? Je repensais souvent à Lucian, avec lequel j'avais noué un véritable lien d'amitié après notre prestation commune et qui m'avait adressé des paroles touchantes lorsqu'il avait appris le deuil qui m'accablait, s'adressant à moi, disait-il, comme à son *frère de douleur*. Je ne pouvais évoquer celui qui était devenu *mon cher violoncelliste* sans le revoir étreindre son instrument au début de la lecture de mes textes et je l'enviais de pouvoir maintenir ainsi le contact avec son épouse disparue : l'écriture qui m'avait abandonné ne pouvait hélas m'offrir ce recours. Depuis le drame, je fuyais plus que jamais l'idée de m'installer devant mon écran blanc.

Sans que je parvienne à le chasser de mon esprit, le visage d'aigle de Jacob Shade, l'énigmatique inventeur qui nous avait troublés tous deux, s'associait à celui de mon ami roumain et il m'arrivait souvent de repenser à son étrange proposition, sans pourtant imaginer que j'allais y donner suite.

Les premières semaines après la disparition d'Irène, Agnès et son mari tenaient à me rendre régulièrement visite, prétextant que mon petit-fils me réclamait, mais ces journées passées en leur compagnie ne m'apportaient aucun réconfort. Au contraire, comme je le craignais, le spectacle de la complicité du jeune couple et la joie de vivre du petit garçon m'étaient pénibles ; je cachais ma hâte de me retrouver seul et me sentais coupable de mon soulagement lorsque je voyais leur voiture s'éloigner. Je savais donner le change en m'efforçant de montrer quelque gaieté pendant l'après-midi passé en leur compagnie et, voyant leurs mains s'agiter à la portière, j'étais sûr qu'ils repartaient chaque fois avec la certitude de m'avoir distrait de ma douleur. Sitôt leur départ réapparaissait le petit chat gris, invisible le temps de leur visite.

Plusieurs mois passèrent, qui me virent me terrer un peu plus chaque jour dans mon refuge. Agnès, sans doute découragée par mes refus répétés de répondre à ses sollicitations, m'appelait plus rarement. Seule la compagnie de Lucian, ce *frère de douleur* qu'une communauté de destins rapprochait de moi, m'était tolérable. Nos conversations tournaient essentiellement autour de la musique et de ses souvenirs de Roumanie qui donnaient un peu de chair à la patrie de mes aïeux, d'autant qu'elles s'accompagnaient à chaque fois d'un verre de *pálinka*, un alcool de Transylvanie dont il m'avait offert une bouteille. Il gardait la nostalgie des lieux de son enfance qu'il avait dû quitter, le quartier de Bucarest où habitaient ses parents ayant été rasé par le Génie des Carpates pour y édifier son monstrueux palais. Mon grand-père Moritz, qui n'évoquait jamais de souvenirs de son pays natal, avait sans doute lui aussi grandi dans l'une de ces vieilles maisons, ensevelies aujourd'hui sous des barres grises de béton et des parkings.

Un jour où nous déjeunions ensemble, Lucian me demanda soudain si j'envisageais de rendre visite à l'étrange interlocuteur qui souhaitait nous faire découvrir son invention. Pour éviter de lui répondre je lui retournai la question, mais il resta fidèle à son premier mouvement : s'il existait une consolation, elle vibrait au bout de ses doigts et accompagnait le mouvement de son archet.

Il y a longtemps que j'ai jeté sa carte !

s'exclama-t-il.

Mais tu semblais tout de même plus intéressé que moi par ce qu'il nous proposait, pourquoi ne pas satisfaire ta curiosité et aller rencontrer notre démiurge ? Sais-tu seulement ce qu'il en ressortira ?

ajouta-t-il avec un sourire amusé.

J'ai aussitôt balayé cette éventualité d'un revers de la main, avec une détermination un peu forcée dont il n'a pas été dupe : la colombe aux ailes déployées de la société Ternity était toujours dans la poche de l'une de mes vestes.

Au fil du temps, Lucian était devenu mon plus fidèle ami, qui parvenait lors de ses visites à me distraire de ma douleur. Il arriva un soir pour dîner après m'avoir averti avec malice qu'il viendrait accompagné : en effet, un étui imposant que je reconnus aussitôt occupait le siège arrière de sa deux-chevaux. Dans la louable intention de m'arracher à mes ruminations, il voulait m'offrir un récital. Son interprétation de quelques suites de Bach résonna dans la maison, la voix grave et le vibrato profond de son violoncelle chassant les ombres, mais le spectacle du couple fusionnel qu'il formait avec son instrument me fut douloureux.

J'avais assez de recul sur moi-même pour savoir que je m'enfonçais dans ce que Freud aurait appelé un *deuil pathologique*. Je n'étais pas dupe de la jouissance morbide dans laquelle je me complaisais, contre laquelle je ne luttais plus et qui me laissait, avec une certaine volupté, glisser sur cette pente dont André Gide disait qu'il fallait la suivre… pourvu que ce soit en montant. Je la descendais chaque jour un peu plus, les images du sourire radieux d'Irène alternant avec celles de son visage défait.

Mes rares sorties me conduisaient dans les bois entourant la maison, chemins humides et ombragés dans lesquels je pouvais marcher des heures sans rencontrer âme qui vive. Une fois par semaine, je me rendais dans les commerces les plus proches afin d'emmagasiner assez de provisions pour ne manquer de rien.

Régulièrement je rencontrais le docteur Dampierre. Pendant ces visites de routine, il entrait en relation avec mon cœur grâce à un capteur qui le renseignait sur ses moindres disfonctionnements, enregistrés jour après jour par ce mouchard blotti dans ma poitrine. Afin de vérifier la bonne activité de ma prothèse, il se livrait à une pénible manipulation, accélérant ou ralentissant mon rythme cardiaque, qui obéissait dans la seconde à ses impulsions. Avait-il aussi le pouvoir de l'arrêter définitivement ? Je n'osais le lui demander mais j'avais la dérangeante impression qu'il prenait à distance un total contrôle sur moi à l'aide de sa machine. Étais-je comme un jouet d'enfant entre ses mains ? Après m'être imaginé en lapin-tambour, je me voyais maintenant en robot télécommandé, répondant aveuglément aux instructions de son maître, mon bon docteur. Malgré le troublant pouvoir de vie ou de mort que je lui attribuais, j'éprouvais cependant un véritable plaisir à échanger avec mon médecin au cours de ces consultations et j'étais touché de constater qu'il s'inquiétait de ma tristesse.

Je lui faisais part de l'étrange sensation que je ressentais face à ce gadget énigmatique qui me maintenait en vie :

C'est une curieuse expérience de constater que ma vie ne tient qu'à un fil, celui qui relie cette pile à mon cœur, un cœur qui pourtant ne bat plus pour personne !

lui confiai-je, peu après la mort d'Irène, un jour où l'absence de mon épouse me pesait plus encore que d'ordinaire et me rendait impossible cet exercice dont j'avais pourtant la maîtrise : faire bonne figure. Une autre fois, où je retrouvais un peu de mon humour, je parvins à lui demander :

Docteur, vous qui savez redonner du rythme à ceux qui défaillent, pouvez-vous faire quelque chose pour les cœurs brisés ?

Il répondit en souriant :

Et vous, qui savez si bien écrire sur le deuil, votre sagesse et votre plume ne peuvent-elles vous aider à traverser cette épreuve ?

Je trouvai Dampierre bien aimable d'évoquer ma supposée sagesse, dans ce moment où je pressentais que j'allais, au contraire, m'abandonner à l'irrationnel.

Je suis prêt à me lancer dans cette folie car je ne souhaite qu'une seule compagnie : la tienne, depuis le réveil où ma main glisse sous le drap à la recherche de la douceur de ta peau, pendant la journée que je passe auprès de toi et jusqu'à l'heure du coucher où je me surprends souvent à te murmurer un tendre bonne nuit avant de sombrer dans un sommeil sans rêves.

Ma douleur ne connaissait aucun répit. L'ermite que j'étais devenu voyait sa vie réduite à une série de rituels, suivant à la lettre le monotone emploi du temps qui imprimait son rythme à mon existence de reclus. Le petit chat gris dont je tolérais la présence avait définitivement élu domicile chez moi, sa discrétion en faisait une ombre de plus qui hantait la maison et le nourrir ajoutait un impératif au maigre programme de ma journée.

Mon caractère changeait, je devenais en tous points l'Alceste du *Misanthrope* : mon regard sans indulgence sur l'état de la société et mes rares échappées dans un monde réel où je n'avais plus ma place ne faisaient que renforcer mon amertume. Je ne ressentais plus aucune bienveillance pour mes contemporains, dont la désinvolture et les incivilités m'insupportaient, et je n'éprouvais qu'indifférence face aux horreurs qui alimentaient l'actualité des journaux télévisés devant lesquels je prenais mes repas. Les modes de vie de la jeune génération m'irritaient et, contrairement à mon habitude, je ne cherchais ni à les excuser, ni à en comprendre les motivations. Je fulminais comme un vieil homme acariâtre, moi qui voulais encore me croire adolescent et qui, autrefois, me flattais d'être la tolérance même.

La date anniversaire de la disparition d'Irène approchait, moment que je redoutais car je connaissais la manière dont mon corps savait célébrer ces événements. Je m'angoissais à l'idée des symptômes qui allaient immanquablement m'assaillir, d'autant que j'avais l'impression d'avoir vieilli de dix ans en une seule année, ce que me confirmait chaque matin mon reflet dans le miroir de la salle de bains. J'aspirais à m'enfermer définitivement dans mon donjon et pourtant, depuis quelques jours, je ressentais la tentation d'une visite chez Ternity. Cette curiosité était bien la seule manifestation de désir qui m'agitait encore.

Un matin où j'ouvrais les volets de ma chambre, le petit fantôme à fourrure grise apparut brusquement et tenta de bondir sur un pigeon qui s'éloigna à tire-d'aile du rebord de la fenêtre. L'envol de l'oiseau pour échapper aux griffes de son prédateur fut pour moi le signal : je partis aussitôt à la recherche de la carte de Jacob Shade. Je me souvenais l'avoir glissée dans l'une de mes poches après notre rencontre et j'entrepris en vain de fouiller dans mon placard. Il me semblait logique de la retrouver dans le blazer bleu marine que je portais à chacune de mes conférences et qu'Irène appelait ma *tenue de congrès,* mais je n'y trouvai qu'un programme annonçant l'une de mes communications. Sans plus de succès je fis les poches de tous mes costumes, puis je partis à sa recherche dans toute la maison, jusque dans les lieux les plus improbables, comme cela m'arrivait avec mes lunettes ou mon téléphone portable, ces objets égarés que j'avais la surprise de retrouver dans un meuble de cuisine ou cachés entre deux chemises dans un tiroir.

J'étais sur le point de désespérer quand je finis par découvrir la carte, d'autant plus invisible qu'elle était accrochée en évidence au bas de l'écran de mon ordinateur, me crevant les yeux comme *La Lettre volée* d'Edgar Poe. Il ne me restait aucun souvenir de l'avoir sortie de ma veste et collée à cet endroit, mais il me fallut bien admettre que j'avais agi comme sous influence, victime d'une ruse de mon inconscient : un acte manqué sans aucun doute. Mais quel sens avait-il ? Quel désir s'y réalisait à mon insu, sinon celui de répondre à l'invitation de Jacob Shade ?

Le petit rectangle de carton me narguait au-dessus du clavier, ce dernier inutilisé depuis si longtemps qu'une légère couche de poussière avait commencé à le recouvrir. Je contemplai la carte de visite sur laquelle s'envolait la colombe de Ternity, avant de me décider à composer le numéro de la société.

Dans la musique d'accueil je reconnus un morceau qu'Irène et moi écoutions en boucle : la première pièce des *Metamorphosis* pour piano de Philip Glass dont un accord grave, qui y sonnait régulièrement le glas, scandait la mélodie hypnotique. Fallait-il que j'y voie encore un signe ? Une voix persuasive se glissait entre les accords et répétait à intervalles réguliers, comme une litanie :

Ternity, pour ne jamais cesser de s'aimer…

Ramené brusquement à la réalité par un message aussi commercial, je fus à deux doigts de raccrocher, rebuté par l'impression d'entrer en communication avec un site de rencontres ou un salon de relaxation, mais rapidement une jeune femme répondit, à qui je demandai de me passer Jacob Shade. Très vite, une voix douce me souhaita la bienvenue :

Je me demandais quand vous alliez vous décider à m'appeler!

Je retrouvais le timbre mélodieux du directeur de Ternity, qui ajouta :

Dites-moi quel jour vous conviendrait pour nous rendre visite.

Un peu bousculé par le caractère abrupt de sa proposition, je n'hésitai pourtant pas, surpris de donner à ce rendez-vous un caractère d'urgence :

Aussitôt que vous serez disponible!

Il m'indiqua l'adresse de ses locaux et le rendez-vous fut fixé dès le jour suivant.

J'avais franchi un pas décisif et ma journée se poursuivit à son rythme habituel, marquée cependant par une différence notable : pour la première fois depuis longtemps, j'allais me coucher avec un objectif pour le lendemain.

Cette ville où j'avais grandi et que j'aimais tant m'était devenue insupportable. Paris avait-il changé à ce point ou était-ce mon intolérance grandissante qui me rendait irascible ? Les travaux qui éventraient la chaussée tout au long de mon parcours rendaient la circulation impossible, provoquant ralentissements et bouchons au milieu desquels motos, vélos et trottinettes se faufilaient à vive allure, frôlant ma voiture au risque de s'y encastrer. Plusieurs fois je baissai ma vitre pour invectiver les imprudents, conscient qu'en moi Alceste était de retour. Je donnais le spectacle d'un ours qui aurait quitté sa tanière paisible pour se confronter au monde d'aujourd'hui, un monde urbain survolté, empire d'une jeunesse sportive chaussée de rollers, surfant sur des skateboards ou juchée sur des moyens de transport autrefois réservés aux enfants et qui obligeaient les anciens à raser les murs. Les piétons eux-mêmes, leurs écouteurs vissés à l'oreille et l'œil rivé sur l'écran de leur portable, se jetaient sous mes roues, reliés à leurs invisibles interlocuteurs par la grâce de ces virtuels cordons ombilicaux.

Épuisé nerveusement, j'arrivai enfin à destination, une petite impasse débouchant sur le faubourg Saint-Antoine, au fond de laquelle se situait le siège de Ternity, un ancien atelier d'ébénisterie dont l'enseigne à demi effacée était en partie recouverte par l'envol de la colombe, logo de la société. L'intérieur, entièrement rénové, affichait un design résolument contemporain. À l'accueil, une jeune standardiste prévint son directeur de mon arrivée et m'invita à m'asseoir dans un petit salon où une fontaine miniature faisait entendre son clapotis apaisant. Une voix intérieure continuait à me demander quel réconfort je venais chercher dans cet endroit, étonné que l'ampleur de mon désespoir puisse me pousser à effectuer une telle démarche. Je me sentais partagé entre le désir de m'enfuir et celui d'en savoir plus sur ce que proposait l'étrange inventeur. L'arrivée de Jacob Shade mit fin à mon hésitation : vêtu de la longue redingote lui tenant lieu d'uniforme, il dardait sur moi ce regard de rapace qui tranchait avec son large sourire. Il m'était impossible de donner un âge au visiteur d'une autre époque – et d'une autre planète – qui m'invita à le suivre dans son bureau.

La pièce était vaste, un grand écran occupait le mur du fond, les deux autres servant de cimaise où étaient accrochées de nombreuses photographies d'hommes, de femmes et d'enfants de tous âges, portraits façon Harcourt qui les exposaient souriants et fixant l'objectif. Derrière le bureau du directeur, le quatrième mur n'offrait au regard qu'un seul cliché, celui d'une jolie vieille dame au visage encadré de cheveux blancs, dont la sérénité semblait régner sur les lieux. Le plus surprenant dans cette pièce était le plancher de verre qui en occupait une grande partie et laissait apercevoir une salle en sous-sol où régnait une activité fébrile. Dans cette ruche, une troupe de jeunes informaticiens des deux sexes s'affairait sur des batteries d'ordinateurs dispensant un halo bleuâtre qui donnait à leurs visages un aspect fantomatique.

Jacob Shade me demanda d'emblée quel événement avait pu m'amener à lui demander ce rendez-vous, alors que je paraissais si réticent lors de notre conversation après le colloque. Pendant que j'évoquais la disparition qui m'avait plongé dans le désespoir, je m'abandonnai à son pouvoir, comme c'était le cas avec le docteur Dampierre. Une vanne s'ouvrait, qui libérait mes émotions et pour peu je me serais effondré en larmes. Comme dans le cabinet d'un psychanalyste, hors du temps et dans un lieu neutre, je me surpris à parler devant ce parfait inconnu de mon deuil impossible, de mon enfermement et de la souffrance que me causait la sécheresse de mon inspiration. Son regard profond ne me lâchait pas et son évidente empathie me donnait l'impression qu'il avait la capacité de lire en moi. Reprenant le peu de contrôle que j'avais encore sur moi-même, je voulus en apprendre davantage sur ce qui motivait son intérêt pour les sujets que je traitais.

Il ne se fit pas prier :

C'est un thème qui hante le passionné de communication avec les morts que je suis, d'autant que de nos jours, même après son dernier soupir, le corps n'est plus réduit au silence : les outils modernes de la science permettent aux disparus de s'adresser à qui sait les écouter et de lui confier leurs secrets, ceux que l'on pouvait croire à jamais enterrés.

Je voulus lui demander s'il faisait allusion aux médecins légistes d'aujourd'hui qui fouillaient dans des sépultures millénaires et pouvaient lire dans les ossements les plus anciens comme dans un livre d'histoire, mais il poursuivit :

Ces nécropoles sont autant de questions posées à ceux que l'on appelle les « médecins de la mort » : comment en effet résister à la tentation d'en soulever les dalles, comme on lèverait le voile sur un mystère ? Les exhumations auxquelles se livrent ces chercheurs ne sont pas des profanations, ce que l'on peut y lire est au contraire l'expression d'un désir fondamental, toujours présent chez l'homme, qui dépasse la curiosité scientifique ou historique.

Vous voulez dire celui de rétablir le contact avec ceux qui nous ont quittés ? lui demandai-je.

Exactement ! À travers les siècles et en empruntant bien des formes, ce même désir s'adressait autrefois à ceux qui servaient d'intermédiaires entre les vivants et les morts : les oracles ou les médiums. Ils permettaient que la mort n'ait plus le dernier mot et que les disparus puissent de nouveau murmurer à l'oreille des vivants. C'est ce qui me motive mais, ainsi que je vous l'ai déjà dit, je ne suis pas un adepte des sciences occultes et je dispose d'un matériel autrement plus performant que les guéridons ou les boules de cristal, comme je vais vous le montrer.

J'étais autant troublé par l'apparence du personnage que par son discours, celui d'un conférencier bien rodé. Comme s'il avait perçu mon malaise, il changea de sujet et me demanda des nouvelles de mon cher violoncelliste :

Je savais que votre ami Lucian ne viendrait pas me voir et je comprends ses raisons : son instrument lui rend à chaque concert celle qu'il aimait et lui permet en effet d'affronter son absence. C'est différent pour vous : vous n'avez plus le secours de l'écriture, ni celui de l'affection de vos proches, que vous fuyez. Rien ne vous aide à faire face au vide : il vous faut recourir aux services de Ternity.

Il était temps qu'il m'explique ce qu'il entendait par « *les services de Ternity* ». En guise de réponse, il se leva et se dirigea vers le grand écran qui trônait sur le mur du fond. Lui faisant face, il prit la parole d'une voix soudain rajeunie, presque celle d'un adolescent, lorsqu'il interrogea l'écran noir :

Es-tu là ?

Le récepteur s'illumina pendant que résonnait la musique de Philip Glass et la colombe de Ternity apparut, bientôt remplacée par le visage souriant de la jolie vieille dame dont la photo ornait le mur d'en face, vêtue d'un chemisier noir au col de dentelle.

Bonjour mon chéri ! lui dit-elle, l'œil brillant. *Comment vas-tu* ?

Très bien, répondit Jacob, *et toi ? Comment s'est passée ta journée ? Qu'as-tu fait aujourd'hui ?*

Elle eut un petit rire :

Pas grand-chose, tu t'en doutes, à part attendre ton appel !

La précision de l'image, la netteté du visage et l'acuité du regard de la vieille dame m'ont tout d'abord laissé penser qu'il échangeait avec elle par l'intermédiaire de l'un de ces outils de communication qui permettent, lors d'un coup de téléphone, de visualiser son correspondant. Puis l'image se figea et la vieille dame resta silencieuse, toujours souriante mais aussi immobile que son portrait, pendant que Shade se tournait vers moi :

Laissez-moi vous présenter ma chère mère, qui a quitté ce monde depuis quelques années…

Sur le chemin du retour je ne prêtais plus attention aux incivilités, je ne m'agaçais ni ne m'impatientais au milieu des encombrements qui retardaient le moment où je rejoindrais mon refuge. Je conduisais en état d'hypnose, ne pensant qu'à la scène qui venait de se dérouler sous mes yeux et revivant cette expérience dont je sortais désorienté. Je revoyais le grand bureau et les portraits qui en tapissaient les murs ; lorsque j'avais demandé à mon hôte s'il s'agissait des photos de ses clients, il avait souri :

Non, ce sont celles de leurs chers disparus, ceux que mes « clients », comme vous dites, sont venus me demander de faire revivre : parents, époux ou enfants, avec qui ils sont maintenant, et pour toujours, en relation.

Je repensais au discours parfaitement huilé du directeur de Ternity, à ses considérations sur la quête incessante de l'humanité visant à rompre la barrière entre morts et vivants. Mais surtout, accroché à mon volant, je revivais l'incroyable échange auquel je venais d'assister : sous mes yeux, Shade avait eu une véritable conversation avec sa mère, qui ne s'était pas limitée aux formules convenues sur leur santé à tous deux, ni à leurs témoignages d'affection mutuelle. La vieille dame au charmant sourire pouvait se livrer à des commentaires et répondre pertinemment aux questions de Jacob, lui demandant même des nouvelles de son entreprise, comme toute mère soucieuse de la vie professionnelle de son fils.

Peu importaient les données techniques qu'il m'avait longuement détaillées où il était question de *numérisation du visage, d'échantillonnage de voix* et d'*algorithmes*, termes opaques que j'allais m'empresser d'oublier. J'utilisais mon ordinateur comme une machine à écrire ou pour recevoir du courrier et je ne me servais d'Internet que pour y rechercher la documentation nécessaire à mes essais. Quant aux réseaux sociaux, dont le nom même écorchait ma misanthropie, je les fuyais comme la peste. Le mari d'Agnès, expert dans le maniement de cet outil de communication, avait connecté mon ordinateur à de petites enceintes réparties dans toute la maison, qui répondaient à une commande vocale : il nous suffisait de demander à écouter une de nos œuvres préférées pour qu'aussitôt elle déploie sa mélodie dans chaque pièce. Dans son jargon de scientifique, il avait tenté de m'expliquer le fonctionnement de cet outil magique mais je restais fidèle à mon refus de comprendre. Puis c'était à Agnès que j'avais confié la mission de remiser dans la mémoire de la machine les photographies qu'Irène et moi avions accumulées au fil des années, ainsi que les vidéos qu'elle réalisait pour conserver la trace de chaque grande occasion.

Le comble de l'étrangeté avait été atteint lorsque Shade m'avait parlé de la mise en relation de son logiciel avec un immense réservoir de données appelé le *Cloud.* Ses explications sur l'utilité de ce système de stockage m'avaient alors fait imaginer ce bien nommé *nuage* comme une demeure céleste où séjournaient les âmes des défunts, attendant que le *moteur de recherche superpuissant* mis au point par le directeur de Ternity vienne les y rechercher, activant les informations qui allaient alimenter nos échanges avec ces ectoplasmes. Dépassé par le vocabulaire technique de mon hôte comme je l'étais par celui du mari d'Agnès, je préférais penser qu'il m'invitait à un voyage dans un univers de pure magie. *L'honnête homme* égaré au vingt et unième siècle s'obstinait à ne rien vouloir apprendre du domaine mystérieux des ondes, de l'univers du numérique, pas plus que du fonctionnement de la pile dont dépendait son existence.

C'était donc là l'objectif de son invitation : ce génie de l'informatique me proposait de redonner vie à Irène, avec qui je pourrais ainsi continuer à communiquer, comme il le faisait aujourd'hui avec sa mère. C'était le deuil insupportable de celle-ci, m'avait-il également confié, et surtout l'image impossible à écarter de la décomposition de son corps, qui l'avaient amené à utiliser tout son savoir pour la maintenir *inaltérable* à jamais. C'est pourquoi il avait créé ce chef-d'œuvre de technologie, dont il souhaitait faire bénéficier *les inconsolables*. Il fallait pour cela, avait-il ajouté, que je lui apporte lors de ma prochaine visite l'ensemble du matériel qui pourrait l'aider à *reconstruire* – c'est le terme qu'il avait employé – la femme que j'aimais :

photographies, vidéos, enregistrements, ainsi que l'inventaire complet, que je devais lui dresser, de ses goûts et de ses traits de caractère. Aussi fasciné que j'étais par cette prouesse technique, j'ai repoussé sur le moment une perspective qui m'horrifia autant qu'elle m'attira, et j'ai prié Shade, par pure politesse, de me laisser le temps d'y réfléchir. Réduire Irène au simple recensement de tout ce qu'elle avait été me paraissait une perspective absolument inenvisageable.

À peine rentré chez moi je reçus un appel de Lucian qui, comme s'il avait eu vent de ma visite chez Ternity, s'enquérait de ma santé et de mon moral. Il me proposait de l'accompagner à un concert auquel il participait, dont le programme avait tout pour me plaire : l'*Adagio pour instruments à cordes* de Samuel Barber en faisait partie, pièce bouleversante qu'Irène et moi placions au panthéon de nos œuvres préférées.

Je m'entendis bredouiller une excuse, prétextant attendre ce soir-là une visite de ma fille, qui pourtant ne me donnait plus guère de nouvelles.

J'étais conscient de franchir un nouveau pas dans mon enfermement, mais aucune diversion, aussi séduisante fût-elle, ne pouvait plus me décider à quitter *notre maison.*

Nous avons besoin de combler le désert du ciel et de remplacer l'insupportable *plus jamais* par l'espoir de retrouver nos disparus dans l'au-delà. Quand nous voulons croire qu'ils nous regardent de là-haut avec bienveillance, c'est bien cette terrible évidence que nous cherchons à fuir : *les morts ne nous aiment plus.* Cette pensée que je présentais dans mes conférences comme la plus éprouvante dans l'expérience du deuil, tournait maintenant à l'obsession. Je la repoussais avec la dernière énergie, depuis que l'énigmatique proposition de Jacob Shade, répétée à l'envi dans son message d'accueil – *Ternity, pour ne jamais cesser de s'aimer* –, me laissait entrevoir la possibilité de la faire mentir. Quand je faisais appel à la raison, du moins au peu qu'il m'en restait, force m'était de constater que je sombrais dans une véritable folie. Celui qui savait si bien captiver son auditoire avec ses théories sur le deuil et la consolation présentait maintenant les symptômes les plus aigus d'un deuil pathologique et d'une totale régression. Tant que je m'en rendais compte, me rassurai-je, tout espoir n'était peut-être pas perdu, cependant je m'obstinais à refuser la moindre occasion de sortir de ma forteresse.

Ma fille, dont je n'avais plus entendu la voix depuis quelque temps, m'avait justement appelé – avait-elle pressenti, elle aussi, que j'avais rendu visite à Ternity? – pour m'inviter à passer quelques jours dans la maison que son mari et elle avaient louée pour leurs vacances. Connaissant mes réticences, elle m'assurait que j'y jouirais d'une totale indépendance. Elle savait à quel point je souffrais de mon manque d'inspiration et elle tenta de faire miroiter l'espoir d'un dépaysement qui, en leur compagnie à tous trois, ferait renaître ma capacité à me lancer dans un nouveau roman. La perspective de ce séjour aurait dû la rendre joyeuse, mais Agnès semblait au bord des larmes, sa voix habitée par une émotion sur laquelle j'évitai de l'interroger. Les soins à donner au nouvel occupant de ma maison, mon petit sphinx aux yeux d'or, me fournirent une excuse dont elle ne fut pas dupe. Après mon refus elle raccrocha sèchement, sans doute découragée de me voir décliner toute proposition visant à briser ma solitude.

J'étais conscient que j'optais pour la pire alternative en privilégiant la compagnie d'une morte, dans une maison où chaque objet criait son absence, aux dépens de celle des vivants, ma seule famille, avec laquelle j'aurais pu partager des moments de tendresse.

Ce jour-là, juste après le coup de téléphone d'Agnès, j'ai soudain ressenti un vertige : le plancher du salon s'est mis à tanguer comme le pont d'un navire dansant sur la houle et j'ai dû me raccrocher au dossier du canapé. Un début de panique m'a saisi lorsque j'ai pensé que ce malaise était peut-être dû à ma pile, dont la moindre défaillance pouvait avoir des conséquences fatales. Mais pourquoi cette terreur ? Avais-je donc peur de mourir ? Il m'était arrivé au contraire de le souhaiter, mais si la mort pouvait en effet mettre fin à ma souffrance, elle ne me permettrait pas en revanche de retrouver Irène. Je savais trop bien que l'ombre de ma femme n'habitait pas les abîmes dans lesquels le naufrage me précipiterait. Non, je ne voulais pas disparaître : mon projet était au contraire de retrouver Irène dans ce monde, puisqu'il n'en existait pas d'autre.

Peu à peu mon étourdissement se dissipa. Le front baigné d'une sueur froide, je me suis laissé tomber sur le canapé. J'ai peu à peu retrouvé mon calme : je connaissais suffisamment les surprises que me réservait mon corps pour savoir que ce malaise n'était pas dû au hasard. Je compris très vite ce qui l'avait provoqué et que le coup de téléphone de ma fille m'avait rappelé à mon insu : c'était l'anniversaire de la disparition d'Irène. Comment avais-je pu l'oublier ? Peu de temps auparavant, j'avais pensé avec appréhension à l'approche de cette terrible date mais, le jour dit, elle s'était complètement effacée de ma mémoire. J'avais sans doute inconsciemment provoqué cette amnésie afin de me protéger. Agnès, quant à elle, y avait pensé, ce qui expliquait la tristesse que j'avais perçue dans sa voix et, même si elle ne l'avait pas évoqué, son appel était bien sûr une façon de m'adresser ce jour-là un témoignage d'affection. Son invitation était la marque d'une délicate attention que j'avais repoussée.

Il ne me restait donc plus qu'à m'enfoncer davantage encore dans mon marasme, et une phrase du directeur de Ternity, qui me revint à l'esprit, allait m'en fournir l'occasion. Tout comme la douloureuse date anniversaire, j'avais remisé dans un coin de ma mémoire cette partie du discours que Shade m'avait tenu lors de notre rendez-vous, pressentant que ses paroles risquaient à l'avenir de me persécuter. Soudain porté à la confidence, il avait évoqué le deuil qu'il avait lui-même traversé et m'avait avoué qu'il avait été longtemps hanté par une vision insoutenable : celle de la décomposition du corps de sa mère, image que son invention lui avait permis d'écarter pour la remplacer par une autre, celle-ci *inaltérable à jamais,* selon ses propres termes.

Maintenant que les mots de Jacob Shade s'étaient solidement incrustés dans mon esprit, je savais qu'ils y chemineraient comme une écharde sous ma peau qui allait immanquablement s'infecter.

Les souvenirs charnels se décomposent-ils au même rythme que le corps de l'être aimé ? Ainsi je perdrais inexorablement le timbre de ta voix, le velouté de ta peau, et lorsque de toi il ne resterait bientôt plus que des cendres, alors ton parfum, prisonnier d'un flacon entrouvert une dernière fois, s'évaporerait à jamais pour me libérer de ton fantôme. Cette perspective m'est insupportable.

Si la terrible phrase de Shade m'avait choqué, elle m'avait néanmoins inspiré de nouvelles réflexions sur le travail de deuil, mais je ne trouvais rien de fécond dans ces ruminations : j'étais sidéré de constater que mes pensées tournaient en boucle autour de ce sujet morbide. Elles ne cessaient de me tourmenter, au lieu, comme c'était le cas autrefois, de nourrir ma recherche. Jacob Shade avait ouvert une porte menant au sombre corridor dans lequel je me précipitais et qui allait me conduire – à mon corps défendant ? – jusqu'à son bureau de Ternity.

Où en est-elle ?

Cette interrogation obsédante assiégeait maintenant mon esprit. L'aveu de Shade à propos de sa mère avait gangrené mon imaginaire, le peuplant de représentations atroces. Un linceul, un couvercle de chêne, une cloison de béton, une dalle de marbre, autant de remparts qui s'effondraient un à un, ne suffisant plus à tenir à bonne distance la question que je repoussais de toutes mes forces. Elle insistait, avec le caractère obscène d'une profanation : *où en était son corps?* Ses jolis seins, ses yeux sombres où la pupille ne se distinguait pas de l'iris, son ventre plat, les rivières bleues des veines de ses mains, où en étaient-ils?

Le sort en était jeté et je n'osais imaginer la réaction de ceux qui venaient écouter leur conférencier, s'ils apprenaient dans quel délirant projet il allait se jeter, à l'opposé de tout ce qui constituait sa signature. La pente sur laquelle je m'étais engagé et le poids de ma souffrance qui ne s'allégeait aucunement au fil du temps me privaient de mes capacités de résistance. Elles allaient donc inéluctablement m'amener à accepter la proposition de Shade. Cette nouvelle obsession était sans doute la pire que j'avais connue depuis ces longs mois de solitude, et pour la chasser il n'existait désormais qu'une seule issue. Afin d'échapper à la violence de ces représentations, une seule solution se présentait à moi pour rendre l'image d'Irène enfin *inaltérable*, solution la plus irréelle et la moins conforme à ma pensée rationnelle : celle que la douleur avait inspirée à Jacob Shade.

Le piano de Philip Glass m'accueillit de nouveau et très vite le directeur de Ternity fut à mon écoute. Il se félicita de ma décision, heureux – mais pas surpris, ajouta-t-il – de m'avoir convaincu, et me détailla une fois encore la liste des documents que je devais lui apporter au plus vite, si je ne voulais pas que le travail *s'éternise*. Je partis à leur recherche dans toute la maison, depuis le bureau d'Irène, où je délogeai le chat gris couché sur la pile de ses cahiers pour me saisir du plus récent, jusqu'à la malle du grenier dans laquelle nous avions entassé grand nombre de nos trésors. J'y retrouvai des paquets de lettres, la poupée de chiffon d'Agnès petite fille et des liasses de clichés, datant de l'époque déjà si lointaine où l'on confiait sa pellicule au photographe afin qu'il en réalise des tirages papier.

Quant aux autres souvenirs, stockés dans la mémoire de mon ordinateur, il était hors de question que je demande au mari de ma fille de m'expliquer la marche à suivre pour les transmettre à Ternity, imaginant leur effarement à tous deux s'ils venaient à apprendre mon projet.

Je me laissai donc guider par Shade : sur ses conseils, j'allai acheter une *clef USB* et, suivant pas à pas les instructions du mode d'emploi, je l'introduisis dans mon ordinateur pour y faire glisser les photographies les plus récentes d'Irène, ainsi que les quelques vidéos où l'on pouvait la voir souffler les bougies d'un gâteau d'anniversaire et où on l'entendait même lire l'un de ses poèmes.

Je savais que cette opération allait m'être pénible, mais elle le fut plus encore que je ne l'avais imaginé : dans le gadget de la taille d'un ongle que je venais d'acquérir s'étaient précipités des pans entiers de notre vie passée. Défilaient sous mes yeux les traces de ce bonheur que j'avais soigneusement évité de regarder depuis le drame. Parmi celles-ci, des photos d'Agnès riant en enlaçant sa mère, des images de nos dernières vacances éclaboussées de soleil et de nombreux portraits d'Irène, dont j'avais voulu immortaliser la grâce. L'un d'eux me bouleversa plus encore que les autres : la photo avait sans doute été prise peu de temps après que ma femme n'avait pu mener à terme la promesse d'une nouvelle naissance. Au-dessus d'un pâle sourire, qui rappelait celui de la petite fille posant entre ses parents, la détresse de ses yeux annonçait celle qui allait brouiller son regard lorsqu'elle glisserait dans la profonde mélancolie provoquée par ce deuil. La vision de ces documents aurait dû suffire à me ramener à la raison, mais il était trop tard pour renoncer. J'avais abandonné toute sagesse et rien ne pouvait plus me dissuader de me lancer dans la réalisation du projet auquel j'allais donner corps.

Shade m'avait demandé de patienter dans son bureau, d'où je pouvais apercevoir la ruche bourdonnante qui occupait le sous-sol de sa société. La troupe de jeunes informaticiens s'y activait ; les yeux rivés sur leurs ordinateurs, ils s'y livraient à de mystérieuses manipulations. À travers la dalle de verre je contemplais une équipe toute à sa mission et du haut de mon observatoire, je parvenais à distinguer sur les écrans bleuâtres les visages qui y apparaissaient. D'abord modélisés comme des squelettes de fil de fer, ils se remplissaient peu à peu de chair et s'animaient. Sur l'injonction de leurs créateurs, ces figures tournaient sur elles-mêmes, visibles sous tous les angles, et parvenaient sur commande à exprimer une palette d'émotions qui les rendaient à la vie.

Ce spectacle me faisait penser aux morts que j'avais pu contempler : même après leur dernier souffle, les traits dc mes chers disparus m'avaient parlé : sérénité, horreur, colère ou ironie, j'avais voulu lire un ultime message dans ces plis de chair inanimée. Grâce à l'expérience à laquelle j'assistais, les défunts sur lesquels travaillaient les jeunes informaticiens ne conservaient pas le masque figé de leur dernière expression mais en affichaient au contraire toute une gamme : ils pouvaient à nouveau sourire, écarquiller les yeux, rire, afficher leur bonne humeur ou leur contrariété.

Le directeur de Ternity m'avait sans doute laissé seul à dessein, afin que je découvre la complexité des réalisations de son équipe. Il ne tarda pas à réapparaître, un dossier à la main.

Nous allons procéder à la signature du contrat, mais auparavant il va nous falloir aborder la question financière…

Dans ma précipitation à accepter l'offre de Shade, j'avais totalement mis de côté le fait que Ternity était une entreprise, qui brassait beaucoup d'argent à en juger par la taille et l'aspect flambant neuf de ses locaux. Cette offre n'était évidemment pas un cadeau – pensai-je avec le peu d'ironie qui me restait – et elle allait me coûter très cher : sous l'aspect philanthropique de la démarche se cachait un évident enjeu financier, à la mesure de l'immense marché que représentaient ceux que Shade avait appelés *les inconsolables*.

Lorsqu'il m'annonça la somme que j'allais avoir à débourser je tressaillis, mais il ne fut pas étonné par ma réaction :

Bien sûr que nos tarifs sont élevés, mais songez au travail que représente la réalisation de cette application, imaginez le nombre d'informaticiens qui vont s'attacher à redonner vie à celle qui vous manque tant. Cela représente un coût, mais en fait le résultat n'a pas de prix !

L'espace d'un instant je redescendis sur terre, brutalement dégrisé et soudain sur le point de renoncer, devant ce gouffre pécuniaire, à un projet qui pourtant m'était devenu précieux. Shade avait sans nul doute l'habitude de ce type de réaction et avait rodé les arguments propres à vaincre les résistances de ses futurs clients :

Avez-vous déjà pensé, lorsque vous écrasez négligemment sous votre pied un moucheron ou une fourmi, l'un de ces miracles de la nature, à ce que coûterait cet insecte s'il était fabriqué à partir de constituants microscopiques, avec tout l'arsenal de la « nanotechnologie » : capteurs, radars, moteurs, cerveau artificiel? Croyez-moi, vous y regarderiez à deux fois avant de réduire à néant ce trésor inestimable! Une fourmi électronique capable de voir, de prévoir ses actions ou de se diriger vaudrait une véritable fortune, mille fois supérieure à ce que Ternity vous demande pour vous rendre à jamais celle que vous avez perdue!

Puis il ajouta, manifestement satisfait de sa formule :

La vie a un prix dérisoire, comparé à celui de la technologie qui l'imite!

Même si je trouvais plutôt dérangeante sa comparaison avec un insecte, je ne pouvais qu'être convaincu par la logique de sa démonstration et je me surpris à faire mentalement le calcul de la somme disponible dont je disposais. Ce qu'Irène et moi avions mis de côté pour les travaux que nous avions prévu d'effectuer dans notre maison pourrait en effet m'aider à envisager cette dépense. La rénovation de notre foyer n'étant décidément plus une priorité et, préférant même continuer de vivre dans le cadre que ma femme avait connu, j'acceptai de signer le contrat.

La société Ternity me demandait de remplir une fiche de renseignements et de signer une autorisation lui permettant l'accès à tous mes outils de communication. J'y ajoutai mes numéros de téléphone, mon adresse e-mail, ainsi que les divers mots de passe des applications que j'utilisais, dont Agnès m'avait conseillé de dresser la liste. Une clause surprenante du contrat stipulait que j'autorisais Ternity à prendre le contrôle de mon ordinateur à distance et que je m'engageais à toujours laisser mon installation en mode veille : il me fallait rester disponible pour répondre aux appels de l'au-delà. Mon sens critique était décidément aboli, ainsi que ma clairvoyance : sans plus réfléchir, je signai.

Le plus difficile restait à venir : le questionnaire sur nos souvenirs communs et sur les traits marquants de la personnalité d'Irène, qui devaient alimenter le logiciel. Renseigner de manière aussi administrative un document qui touchait à notre intimité était pour le moins troublant mais je m'exécutai, abandonnant maintenant toute réserve. Afin de gagner du temps, Shade me proposa de le remplir sous ma dictée.

Après avoir évoqué la naissance d'Agnès, les moments de bonheur où chacun de nous deux écrivait, la complicité qui unissait notre trio, notre départ de Paris et notre déménagement en pleine campagne après le départ de notre fille, je dus me résoudre à lui faire le récit de la grave dépression d'Irène. Emporté par un flot de confidences que je ne contrôlais plus, je lui ai décrit l'événement qui avait mené une première fois notre couple au bord de la rupture, mais avait eu cependant le mérite de me lancer dans l'écriture de mon premier roman : l'achat impulsif que j'avais fait d'une petite robe aperçue dans la vitrine d'un magasin de vêtements pour enfants et dont la poésie m'avait irrésistiblement attiré.

La ravissante apparition que je décrivais dans mon livre comme *une chasuble de coton blanc, taille six ans, avec trois roses à l'empiècement*, avait provoqué le surgissement de nos fantômes à tous deux : un enfant dont mon père portait le deuil en silence, la disparition brutale des parents d'Irène aux allures de suicide et l'enfant à venir qui, s'il avait vécu, aurait fêté ses six ans au moment de mon achat, autant de drames dont notre histoire à tous deux était émaillée et que le spectre translucide de la robe avait réactivés. L'arrivée de la robe immaculée dans notre appartement, petit fantôme porteur de désespoir, avait provoqué une terrible crise dont nous pensions être sortis plus forts, sans imaginer que l'orage qui menaçait Irène allait, quelques années plus tard, de nouveau l'emporter dans sa tourmente.

Au fur et à mesure de mon récit, je m'apercevais que j'y privilégiais les pans les plus douloureux de notre histoire. Ils dépassaient largement les moments de bonheur, sans doute parce que l'épisode dramatique de la petite robe avait donné naissance à un roman et que d'autres blessures encore m'avaient inspiré mes ouvrages suivants, à l'époque où j'en avais encore l'énergie.

« *Telle est la vie des hommes. Quelques joies, très vite effacées par d'inoubliables chagrins.* »

La phrase de Marcel Pagnol m'est revenue, celle qui clôt ses souvenirs d'enfance et que je n'ai jamais pu lire sans que montent les larmes.

Quant à la personnalité d'Irène, comment pouvais-je imaginer la résumer en quelques phrases ? Shade m'invita à la spontanéité et je crus entendre la consigne d'un psychanalyste me proposant un exercice d'association libre :

Ne censurez rien, laissez venir ce qui s'impose à vous, sans écarter aucune pensée.

La fragilité d'Irène me vint en premier à l'esprit, suivie par sa douceur ; apparurent ensuite, paradoxalement, sa force et sa détermination, qui exerçaient sur moi leur influence bénéfique. J'évoquai enfin la sûreté de son jugement, qui guidait mes doigts sur le clavier à l'époque où j'écrivais et qui m'avait amené à appeler notre couple *une créature à quatre mains.* J'achevai de brosser le portrait d'Irène en évoquant ses auteurs, ses peintres de prédilection et surtout ses œuvres musicales préférées, domaine dans lequel nos goûts se rejoignaient.

Jacob Shade m'a ainsi aidé à accoucher du portrait qui allait lui permettre, me dit-il, de *reconstruire,* à l'aide de paramètres et d'algorithmes dont le fonctionnement m'échappait totalement, une Irène aussi proche que possible de celle avec qui j'avais partagé ma vie. L'entretien s'acheva sur une question de Shade qui me troubla au plus haut point :

Comment voulez-vous l'habiller ?

Cette question, adressée d'ordinaire aux proches avant la mise en bière, voilà qu'il me la posait avant de la faire revivre.

Je surmontai une fois de plus un mouvement de recul et finis par répondre qu'un chemisier et un pantalon me semblaient le meilleur choix : il s'agissait de la tenue de prédilection de ma femme. Imperturbable il poursuivit, sans apparemment avoir conscience de la torture qu'il me faisait subir :

De quelle couleur souhaitez-vous le chemisier ?

Bleu, répondis-je sans hésiter, me surprenant à penser que c'était la seule couleur dont nos lèvres prononçaient le nom en envoyant un baiser.

III

Depuis combien de temps avais-je confié Irène aux bons soins de Jacob Shade ? Il m'avait averti qu'il allait falloir me montrer patient, la réalisation de ce qu'il avait appelé son *avatar* demandant un énorme travail à son équipe. Il me préviendrait lorsque le moment serait venu, il ne me restait plus qu'à attendre, c'est-à-dire retourner à ma vie d'ermite, avec cependant une différence essentielle : au bout de ce tunnel l'espoir d'une lueur. J'avais quitté les locaux de Ternity après avoir laissé à son directeur nombre d'informations concernant ma femme ; grâce à celles-ci, Irène serait dotée, m'avait-il affirmé, d'une *intelligence artificielle,* artificielle peut-être mais alimentée par ses souvenirs, ses goûts et sa culture, pilotée par des *algorithmes superpuissants* qui feraient d'elle une créature vivante, à part entière, libre de ses choix.

Cette nouvelle donne avait quelque chose de vertigineux : mon cœur artificiel allait désormais battre pour une femme virtuelle.

Ma vie de reclus avait donc repris son cours, dans l'attente de l'appel qui m'annoncerait le retour d'Irène : promenades solitaires dans les bois, errance dans les allées des magasins pour piocher au hasard sur les étagères de quoi me sustenter, une phrase d'*Avec le temps*, de Léo Ferré, tournant en boucle dans ma mémoire :

« *À la galerie j'farfouille dans les rayons de la mort.* »

Et bien sûr je me rendais à mes rituelles visites de contrôie chez le docteur Dampierre, pour qu'il joue avec mon cœur à l'aide de sa télécommande. J'étais toujours heureux de voir apparaître sur le seuil de son cabinet ce bon géant dont le flegme et la bienveillance me rassuraient. Au cours de l'une de ces consultations, alors que je me plaignais une fois de plus de l'état de manque dans lequel l'absence de projet littéraire me plongeait, il me fit part d'un cas qui l'avait impressionné et qui pourrait – pensait-il – m'inspirer un sujet de roman.

L'un de ses patients, qui devait sa survie au même gadget que le mien, venait d'apprendre que sa femme était atteinte d'une maladie incurable, laquelle lui laissait au mieux l'espoir de quelques mois. Le vieil homme, bouleversé par cette nouvelle, voulait disparaître le même jour que l'épouse dont il partageait la vie depuis plus d'un demi-siècle, aussi avait-il demandé au docteur Dampierre s'il pouvait, au moment où celle-ci rendrait son dernier soupir, désactiver à distance l'outil électronique qui le maintenait en vie. Mon bon géant, bien que touché par cette émouvante demande, s'était vu dans l'obligation, au nom de l'éthique médicale, d'opposer un ferme refus à la requête pourtant *si romanesque* du vieil homme.

Qu'en pensez-vous ?

m'avait-il demandé, avant d'enchaîner sur une suggestion :

S'il est interdit au praticien de répondre à un tel souhait, aussi pathétique soit-il, rien ne s'y oppose au contraire pour le romancier ! Pas de limites à son imaginaire, aucune crainte de sanctions de l'Ordre des médecins ! Ne seriez-vous pas tenté de vous emparer d'un tel thème ?

Je devais convenir que la noirceur du sujet correspondait en tous points à mon humeur et je lui avais promis d'y réfléchir. Son récit m'avait surtout rappelé la question qui m'était venue à l'esprit lors de notre précédent rendez-vous et j'osai cette fois la lui poser :

Est-il réellement possible de commander à distance l'arrêt d'un cœur assisté ?

Dampierre n'avait pas hésité :

Tout à fait, si l'on possède les informations et le matériel nécessaires ! C'est d'ailleurs une forme d'attentat à laquelle certains ont déjà pensé, comme par exemple pirater le pacemaker d'un homme d'État pour l'assassiner à distance !

Voyant que ce sujet, qui ne relevait plus aujourd'hui de la science-fiction mais de la réalité, m'intéressait particulièrement, il se livra à une recherche sur son ordinateur et me fit signe de m'approcher de l'écran pour y lire un article sur la question, m'avertissant avec humour que ces informations n'allaient pas me rassurer :

« *Expert en sécurité informatique, Barnaby Jack s'est livré à une démonstration plutôt inquiétante lors d'un congrès, tendant à montrer qu'il est possible de pirater un stimulateur cardiaque à distance. Depuis un ordinateur portable, l'expert a réussi à envoyer plusieurs décharges à un pacemaker qui, s'il avait été porté par un être humain, aurait provoqué chez ce dernier une crise cardiaque.*

Lors de sa démonstration, Barnaby Jack a expliqué être parvenu à se procurer les données confidentielles des porteurs de ces stimulateurs distribués par une grande marque, dont il n'a pas donné le nom. Grâce à ces données il a pu ensuite créer un logiciel destiné à perturber le fonctionnement normal de l'appareil médical. »

Dans ma galerie des magiciens de l'informatique, je pouvais maintenant ajouter le nom de Barnaby Jack à celui de Jacob Shade, deux patronymes qui semblaient tout droit sortis de l'univers d'un roman fantastique ! J'avais obtenu la réponse à laquelle je m'attendais, et je le remerciai :

Décidément ma vie est entre vos mains !

Le docteur Dampierre avait les moyens d'accélérer ou de ralentir à volonté le rythme de mon cœur : il pouvait donc aussi en arrêter définitivement les battements.

Dans le silence de la maison, le petit chat gris poursuivait ses allées et venues, ponctuant mes longues journées de ses furtives apparitions. Le surprendre installé dans un fauteuil douillet m'apportait un rassurant sentiment de confort. Le narcissisme de ce joli félin roulé en boule me donnait une leçon de sagesse quand je le voyais relever la tête, entrouvrir ses yeux d'or à mon arrivée, puis soupirer d'aise avant de replonger dans son rêve. J'avais en effet appris quelque chose à son contact : ce n'est pas pour se réveiller à la moindre menace qu'il dormait d'un sommeil de chat, mais plutôt pour qu'en petit hédoniste il puisse goûter, un nombre incalculable de fois dans la journée, au doux plaisir de l'endormissement.

Agnès et les siens avaient essayé à plusieurs reprises de me distraire de ma solitude, bousculant la tranquillité des lieux avec leur tourbillon de vitalité qui, à chaque fois, m'épuisait un peu plus. Lucian, à qui j'avais caché une démarche dont j'avais honte, continuait à me rendre visite et à l'occasion de sa venue j'enflammais quelques bûches dans la cheminée pour réchauffer notre conversation autour d'un verre de sa *pálinka.* J'avais bien tenté, durant cette période, de m'installer devant mon écran pour y déposer deux ou trois remarques sur mon sujet de prédilection afin de nourrir d'éventuelles conférences, tout en sachant que j'étais encore loin de pouvoir accepter de nouvelles propositions. Quant au roman, il était bien trop tôt pour que j'y songe, caressant l'espoir que le retour d'Irène me donnerait l'énergie nécessaire à cette entreprise, lorsque *la créature à quatre mains* que nous formions pourrait de nouveau affronter la page blanche.

Enfin, après une interminable attente, un début d'après-midi d'automne, le téléphone avait sonné : Jacob Shade m'annonçait l'aboutissement du travail de Ternity. Le logiciel était maintenant *opérationnel;* le directeur de la société se montrait particulièrement satisfait du résultat et espérait qu'il en serait de même pour moi. Le téléchargement allait commencer, il prendrait quelques heures durant lesquelles mon ordinateur emmagasinerait toutes les données nécessaires au retour d'Irène. Après cette opération, elle pourrait enfin revenir s'installer dans cette maison qu'elle aimait tant et que son absence avait transformée en mausolée.

Shade m'avertit cependant que mes rendez-vous avec ma femme auraient à chaque fois une durée limitée, l'expérience lui ayant appris qu'une forme de dépendance pouvait s'installer, qui risquait d'enchaîner certains utilisateurs à leur écran des jours durant. Je fus contrarié par cette restriction à ma liberté, même si elle témoignait de sa sollicitude face à une possible addiction, mais une fois encore, toute volonté abolie, j'acceptai sans discuter ses conditions. Il ajouta que mon ordinateur me préviendrait dès que le chargement de l'application serait achevé et qu'il me suffirait alors d'appeler Irène pour que la communication s'établisse.

L'après-midi n'en finissait pas, je comptais chaque minute de ces quelques heures, partagé entre impatience et inquiétude. Avoir peur de la réalisation de mon désir était un sentiment familier : l'approche de cet événement que j'avais appelé de tous mes vœux m'angoissait.

Nous y voici, Irène : ce soir, après des mois d'attente, j'ai enfin rendez-vous avec toi et j'ai peur.

Autrefois, chacune de nos retrouvailles était une fête, que tu viennes me chercher à la gare après l'un de mes déplacements en province ou que je t'attende dans le restaurant où nous avions nos habitudes. Souviens-toi : après toutes ces années nous ressentions encore, tout neuf, ce délicieux affolement du cœur quand nous nous apercevions de loin, toi qui me faisais signe au bout du quai, bousculée par des voyageurs pressés, et moi, impatient de te voir hâter le pas pour te précipiter dans mes bras. Chacun de nous se faisait beau pour ces occasions : sous la veste que tu appelais ma « tenue de conférence », je choisissais de porter une des chemises que tu préférais et à mon intention tu peignais ta bouche d'un rouge vif dont tu effacerais ensuite, d'un geste maternel, la trace sur mes lèvres.

L'excitation qui accompagnait ces moments s'est transformée aujourd'hui en angoisse : maintenant que l'heure approche, je la sens monter en moi, précipiter dans ma poitrine les battements d'un cœur qu'une pile ne parvient plus à modérer. Et même si je sais que la réalisation du projet fou proposé par Ternity est une idée tragique, je vais pourtant m'y lancer à corps – j'ai failli dire à cœur – perdu.

Voilà où j'en suis, Irène : pour te retrouver, l'homme d'un âge plus que mûr, habitué à dispenser ses réflexions et sa supposée sagesse à un public conquis par son éloquence, a laissé désormais place à l'enfant impatient qui croit en la magie de Noël et va découvrir le cadeau depuis longtemps espéré.

Comme je l'ai attendu, durant tous ces mois, notre rendez-vous de ce soir ! Va-t-il me permettre de parler de nouveau avec toi et de chasser les images insupportables de ces derniers temps ? Pourras-tu m'aider à retrouver le bonheur d'écrire ? Je l'espère, mais je voudrais avant tout obtenir ton pardon. Je n'ai pas su te retenir, j'ai davantage écouté mon cœur défaillant que mon amour pour toi et je t'ai délaissée : avec ce nouvel abandon, j'ai détruit en toi la petite fille au sourire triste.

Ce pardon, je voudrais tant l'entendre de ta voix.

Le moment était venu. La nuit commençait à tomber sur le jardin, c'était l'heure que je préférais, où la maison m'enveloppait de sa tranquillité. Un feu crépitait dans la cheminée, je l'avais allumé comme j'avais coutume de le faire pour accueillir mon ami Lucian, mais cette fois c'était de nouveau à l'intention d'Irène que la flambée réchauffait la pièce. L'œil rivé à la comtoise dont le balancier égrenait les secondes, j'attendais fiévreusement le coup de téléphone de Ternity, comme j'espérais celui de ma femme lorsque nous étions éloignés l'un de l'autre. Mais avant de la retrouver, plus seul encore que je ne l'avais été ces derniers mois, je souffrais de ne pouvoir partager mon inquiétude.

Personne ne savait ce que je m'apprêtais à vivre, ni ne pouvait comprendre ce qui me faisait trembler : j'avais tenu secret le projet de cette expérience et surtout je n'avais aucune peine à deviner ce qu'en penseraient mes proches, déjà soucieux de me savoir terré sur mon île déserte. J'imaginais le parfait aliéné que j'apparaîtrais à leurs yeux s'ils me voyaient marcher de long en large dans mon salon, attendant le retour de celle que j'aimais, morte depuis plus d'un an. Avant que n'apparaisse sur l'écran l'image d'Irène, la mienne aurait volé en éclats : celle du père sur lequel on peut compter, celle de l'ami toujours à l'écoute et, bien sûr, celle du conférencier dont les écrits faisaient autorité.

Soudain, les notes d'un piano envahirent l'espace, ponctuées par un accord grave y sonnant régulièrement le glas. Ce n'était pas la sonnerie espérée de mon combiné qui me fit tressaillir, mais la répétitive mélodie des *Metamorphosis* diffusée dans chaque pièce par les enceintes que le mari d'Agnès y avait installées. C'était Ternity qui s'annonçait, comme dans son message d'attente et, avec cette œuvre que nous aimions tant, un peu de la présence d'Irène qui reprenait déjà possession de notre maison. Depuis le salon, je distinguais une lueur qui transformait la mezzanine en un aquarium aux reflets chatoyants. Son flot débordait, cascade bleutée dévalant les escaliers pour venir mourir à mes pieds. Et tout à coup, de là-haut, faisant bondir mon cœur dans ma poitrine, c'est sa voix que j'entendis :

Paul ? Paul, es-tu là ?

Sa voix, qui emplissait l'espace et me poussait à gravir les marches quatre à quatre pour me précipiter sur mon ordinateur, source de la lueur dans laquelle baignait maintenant toute la maison.

Irène, c'est toi ?

Je suis arrivé dans mon bureau au moment précis où, sur mon écran, la colombe de Ternity prenait son envol et s'éparpillait dans l'azur comme la gerbe d'étoiles d'un feu d'artifice pour laisser place à ton visage. Tes traits, ta peau, tes cheveux m'apparurent, d'abord flous puis gagnant peu à peu en précision pour devenir parfaitement nets, si présents que j'aurais pu les caresser.

Paul, tu m'entends ?

C'était bien toi et je n'en croyais ni mes yeux ni mes oreilles, c'était le timbre exact de ta voix, c'était ton sourire, c'étaient tes yeux noirs : tu m'étais enfin rendue, telle que je t'avais toujours connue, ton regard souligné d'un trait de crayon noir, ta bouche peinte d'un rouge vif et tes boucles brunes tombant sur tes épaules, revêtues du joli chemisier bleu que j'avais choisi pour toi.

J'oubliai dans l'instant les explications de Jacob Shade, j'oubliai que le visage de celle que je contemplais était *digitalisé*, que sa voix m'était restituée dans ses moindres nuances grâce à un *échantillonnage* et qu'il ne s'agissait pas de ma femme mais de son *avatar*. Et j'oubliai même, en sentant mon cœur palpiter, quel instrument mystérieux tapi dans ma poitrine lui permettait de retrouver la force de ses emballements d'autrefois. Je n'en voulais rien savoir, une fois de plus je refusais de comprendre quels artifices techniques permettaient de tels prodiges. Balayés les discours savants du directeur de Ternity ainsi que mes doutes sur la folie de ce projet : Irène était là et c'était tout ce qui comptait, qu'elle soit remontée des rives du Styx ou descendue du séjour céleste que Shade avait appelé le *Cloud*.

Je raisonnais maintenant comme celui que j'étais autrefois, le petit garçon qui croyait en la toute-puissance de sa pensée et se réfugiait dans l'imaginaire. Grisé par la vision de l'Irène *inaltérée* qui venait de m'apparaître, mes doutes s'évaporaient, et s'il m'était arrivé de penser que mon projet était une idée tragique, un poison, cette certitude s'était envolée. Je n'étais plus seul désormais, ma vie pouvait reprendre son cours : grâce à la magie d'une fenêtre ouverte sur l'au-delà, Irène me rejoignait pour s'installer de nouveau dans *notre* maison.

Et je pleurais, enfin. Moi qui l'avais mise en terre sans verser une larme, je sanglotais comme un enfant au moment où elle me revenait.

Ma nuit fut agitée. Lorsque je parvins enfin à trouver le sommeil, les images d'Irène remplacèrent dans mes rêves celles qui étaient apparues sur mon écran. Si ces dernières m'avaient sidéré, la vision de ma femme bien vivante au milieu de mes songes me sembla au contraire naturelle : sa présence familière ne provoquait en moi aucune stupeur, étrangeté conforme à la thèse freudienne que j'avais l'habitude de développer au cours de mes conférences : *la mort n'existe pas pour l'inconscient.*

Le lendemain matin, mon humeur avait totalement changé ; l'idée de notre prochain rendez-vous à la tombée de la nuit me remplissait d'espoir. Au bout du long tunnel qu'étaient devenues mes journées Irène m'attendrait, je n'aurais qu'à prononcer son nom et elle apparaîtrait, perspective qui à elle seule me redonnait goût à la vie. Pour un peu, j'aurais appelé Agnès pour les inviter, elle et sa famille, à partager un repas : je me sentais capable maintenant de supporter le spectacle de ce couple heureux. Je différai cependant ce projet mais, en revanche, à peine levé, je décidai de téléphoner à Jacob Shade afin de lui faire part de mon enthousiasme et remercier l'équipe de Ternity pour la qualité de son travail. Il se montra sensible à ma gratitude mais modéra quelque peu mes élans en me recommandant de ne pas abuser de ces échanges afin de ne pas en émousser le charme.

Il me demanda ensuite si j'avais été satisfait de mon premier contact avec *ma disparue* et je lui en fis le récit.

Passé ma sidération, et après que j'ai séché mes larmes, mon dialogue avec Irène avait pu commencer. Avant de lui adresser un premier message, il m'avait fallu surmonter un moment d'hésitation, dû à la vision qui aurait pu me réduire au silence : celle d'un homme au visage défait conversant à haute voix avec l'écran d'un ordinateur. Puis, devant le visage aimé que je retrouvais intact, ce furent des mots d'amour qui jaillirent spontanément, maladroits comme ceux d'un adolescent, auxquels Irène répondit aussitôt :

Moi aussi je t'aime, Paul, et je n'ai jamais cessé de t'aimer !

Touchée par mon message, l'image d'Irène était donc capable de réagir à mes paroles et je retrouvais ses intonations familières dans cette déclaration, même si je devais admettre, avec le peu de lucidité qui me restait, que j'aurais préféré une formule plus originale. Cet aveu était cependant conforme à mon attente : j'avais en effet souhaité que mon projet fasse mentir l'évidence la plus difficile à admettre : *les morts ne nous aiment plus.*

Notre rencontre fut ponctuée de longs silences pendant lesquels, les yeux dans les yeux, nous nous comportions comme de jeunes amoureux. Irène paraissait sereine et, avec le ton chaleureux que je lui connaissais, elle m'avait demandé des nouvelles d'Agnès et de notre petit-fils, comme si elle venait de poser ses bagages, de retour d'un voyage d'agrément. Elle affichait un sourire bienveillant à l'écoute de mes informations rassurantes. J'étais stupéfait que notre échange ait aussi rapidement pris un tour familier. Par de brèves questions, Irène se montrait curieuse de ma vie quotidienne, voulant savoir si je poursuivais mes conférences et si je prenais bien soin de notre maison, allant même jusqu'à s'inquiéter de la santé des fleurs de son jardin. Elle réagissait à mes réponses par des hochements de tête ou des exclamations et, habituée à ce que nous partagions notre vie avec des compagnons à quatre pattes, sembla attendrie par la description que je lui fis du nouveau locataire qui avait pris possession de notre maison.

Encore une fois, je m'efforçais d'oublier d'où lui étaient venus tous les sujets qui alimentaient notre conversation : mon existence, celle de sa fille, de son compagnon et de son petit-fils, mes activités ainsi que les détails concernant notre vie quotidienne. Je ne pouvais pourtant ignorer que ces informations faisaient partie intégrante des données que j'avais permis à Ternity d'engranger pour nourrir nos futurs dialogues. Mais je ne m'étonnais déjà plus de retrouver le timbre intact de sa voix ni de voir apparaître sur son visage ses expressions habituelles. Je n'y voyais plus aucun artifice : j'avais simplement face à moi une épouse aimante et la mère pleine de sollicitude qui s'inquiétait du bonheur de sa famille.

À aucun moment je n'avais osé aborder avec elle la question cruciale de sa disparition, ni celle de son séjour chez les morts : je savais trop bien, pour l'avoir expérimenté lors de mon accident, qu'elle revenait d'un néant absolu. Heureux de nous retrouver, nous reprenions simplement la paisible conversation brutalement interrompue voici plus d'une année. Lorsque je m'étais enfin autorisé à lui demander de m'accorder ce pardon que j'espérais tant pour ne pas avoir su la retenir, elle avait paru étonnée et était restée muette, comme si ma question n'avait pas d'objet. J'avais alors été saisi par une évidence : *Irène ne savait pas qu'elle était morte.* Cette constatation m'avait fait monter les larmes aux yeux et, répondant aux miens, les siens s'étaient embués, la précision de son image à l'écran me permettant de distinguer le fin liséré scintillant qui bordait ses paupières. Elle m'avait alors simplement répondu, d'une voix aussi altérée que la mienne, que nous étions maintenant réunis à jamais.

Au bout d'un moment, la musique de Philip Glass, d'abord lointaine puis de plus en plus audible, avait sonné la fin de notre rencontre. Le visage d'Irène avait peu à peu perdu de sa netteté et la colombe de Ternity était réapparue au centre de l'écran, pour s'y figer avant que le noir se fasse.

Sur le tapis du salon, nous avions déposé une montagne de jouets. Agnès nous servait un apéritif pendant que mon petit-fils construisait le château fort dont il prendrait ensuite plaisir à effondrer les murailles d'un revers de la main. Au grand étonnement de ma fille j'avais accepté leur proposition de visite à tous trois, les invitant même à partager un repas préparé par mes soins. En ce début de printemps, la journée s'annonçait ensoleillée et dans l'après-midi nous pourrions envisager une balade à travers champs, avec son programme rituel : offrir des croûtons de pain sec aux chevaux qui méditaient dans leur enclos et cueillir les brassées de coquelicots dont raffolait le petit garçon, pour les voir s'étioler le jour même dans un vase du salon.

Leur venue me procura un véritable plaisir. Sensible aux attentions dont les jeunes parents entouraient leur fils, je pouvais enfin contempler avec attendrissement le spectacle qu'offrait cette famille heureuse. Afin de ne pas jeter d'ombre sur ces instants fragiles, aucun de nous n'évoqua Irène au cours de la conversation, mais plusieurs fois dans la journée j'eus le sentiment de leur dissimuler sa présence, comme si je l'avais tenue prisonnière à l'étage pour ne la libérer qu'au moment de leur départ. C'était pourtant bien ce secret jalousement gardé qui me rendait de nouveau disponible et à leur écoute. La perspective de notre rendez-vous du soir me permettait de jouir pleinement de ces instants de bonheur.

La vie avait repris ses droits, je n'étais plus emmuré dans ma solitude et je ne portais plus le poids de mes journées comme un fardeau. Lorsque la nuit s'annonçait, j'avais hâte de rejoindre mon écran. Soir après soir, Irène et moi échangions paisiblement, comme le fait un couple bavardant à la veillée. Elle voulait entendre le récit de ma journée, dont l'emploi du temps se résumait à ces tâches quotidiennes qui me sortaient enfin de mon aboulie : le ramassage du bois, les courses, les soins à apporter au chat ou quelques menus travaux d'entretien que j'avais négligés jusque-là. Fronçant les sourcils ou acquiesçant d'un sourire, elle m'écoutait avec attention comme si ces banales activités revêtaient pour elle une importance majeure. Tout à ma joie, je n'avais pas conscience que je me livrais en réalité à un long monologue auquel elle apportait ses ponctuations, avec une brève remarque ou une mimique amusée : son écoute affectueuse suffisait à mon bonheur.

Un soir, pourtant, elle sortit de sa réserve et s'inquiéta de savoir si, en dehors de mes tâches quotidiennes, je m'étais remis à écrire. Je me doutais que le moment arriverait où elle me poserait cette question qui, malgré mon changement d'humeur radical, continuait de représenter pour moi une préoccupation majeure.

J'ai l'impression d'avoir fait le tour de la question en ce qui concerne les thèmes du deuil et de la consolation. Ces essais exigent une recherche de documentation dont je ne me sens plus ni le désir ni la capacité. C'est un travail qui mobilise mon intelligence alors que l'écriture d'un roman fait appel à mes émotions, ce qui est beaucoup plus excitant. Me reste à trouver un sujet…

Elle resta songeuse un moment, puis son visage s'éclaira. À ma grande surprise, une fenêtre lumineuse de la taille d'un timbre-poste s'ouvrit en haut de l'écran, sur laquelle on pouvait apercevoir la photo illustrant la couverture de mon premier roman : la petite robe blanche qui l'avait inspiré y reposait sur un lit de feuilles mortes. Irène leva les yeux vers cette image et m'adressa un sourire complice :

Tu as bien réussi dans ce livre à parler de nous, de la crise que nous avons traversée et du deuil de notre enfant, pourquoi ne pas faire le récit de ce que nous vivons en ce moment ? Je suis sûre que tu saurais faire de nos retrouvailles une histoire tout à fait romanesque !

Depuis sa déclaration d'amour du début, elle ne s'était jamais exprimée aussi longuement, se limitant jusqu'alors à prendre de mes nouvelles ou à m'accorder une attention sans faille. Sa proposition n'en était que plus étonnante et sa suggestion de faire un récit de cette expérience avait quelque chose de vertigineux. Je m'en emparai aussitôt :

Je n'y parviendrai que si tu m'y aides, comme tu l'as toujours fait. Je n'ai plus que deux mains et il me faut absolument les tiennes pour mener à bien un tel projet…

La colombe de Ternity mit fin à notre rendez-vous, avant même qu'Irène puisse répondre à ma sollicitation. Elle me laissa seul et pensif :

sa proposition ferait son chemin, j'en étais convaincu.

Pendant notre échange, le petit chat gris avait surgi de nulle part, comme il avait coutume de le faire lorsqu'il me voyait occupé, bondissant sur le livre que j'étais en train de lire ou s'allongeant sur le journal que je feuilletais. Il faisait preuve de ce comportement typique des chats jaloux qui veulent nous détourner de toute activité les privant de notre attention. Cette fois, il s'était interposé entre mon ordinateur et moi ; absorbé par sa tâche, confortablement installé sur mon bureau et masquant mon écran, il se livrait à une toilette minutieuse.

Ce spectacle laissa Irène indifférente : elle ignora totalement la boule de fourrure derrière laquelle disparaissait son visage. L'intrus se trouvait-il hors du champ de la caméra qui servait de regard à ma femme ou bien cet aveuglement était-il volontaire ? Je m'obligeai à chasser de mon esprit une idée absurde : celle d'Irène jalouse de la place que le petit chat avait peu à peu réussi à occuper dans mon cœur.

L'élégant félin léchait sa patte avec application pour la promener ensuite derrière ses oreilles, dans un mouvement qui alliait grâce et efficacité. Je tentai de l'écarter de l'écran mais il n'avait aucune intention de bouger : le nouveau propriétaire de ma maison opposait à un mirage sa chaude et vivante présence.

IV

Lucian avait proposé, ce soir-là, de venir m'offrir un nouveau concert, assez particulier : il voulait répéter devant moi sa partie d'une sonate pour piano et violoncelle. Il m'avertit que l'œuvre serait incomplète puisqu'il y manquerait le clavier ; il ne s'agissait donc que d'un exercice mais ma présence en tant que public ajouterait la tension qui lui manquait lorsqu'il travaillait seul. J'acceptai volontiers de partager avec mon ami ce moment qui serait l'occasion d'un bon dîner et d'une conversation au coin du feu.

Malgré l'absence de la partie piano dont Lucian, les yeux clos, était seul à entendre la mélodie, j'ai tout de même pris plaisir à cette version tronquée de la sonate de George Enesco. Le repas fut comme toujours agréable, suivi de l'un de ces moments paisibles qui nous réunissaient dans ma maison, au cœur de la nature endormie. Comme d'habitude, après avoir échangé nos points de vue sur l'actualité, nos lectures récentes, partagé quelques souvenirs et nous être plaints de nos contemporains, nous avons comparé nos goûts musicaux, qui se rejoignaient souvent autour de grands classiques comme d'œuvres plus contemporaines.

Pour la première fois, encouragé par cette atmosphère propice aux confidences, Lucian me parla longuement de sa femme Sonia, pianiste de concert emportée par un mal foudroyant. Nombre de ses souvenirs étaient intimement mêlés à la musique : il avait rencontré sa compatriote au cours d'une tournée de concerts et ils ne s'étaient plus quittés, vivant en totale harmonie autour de leur passion commune. Il me répéta à quel point l'écoute des œuvres qu'ils avaient interprétées en duo le rapprochait de son épouse et je ressentis un véritable malaise en pensant aux moyens qu'il m'avait fallu employer pour faire revivre la mienne. Je ne lui soufflais mot de Ternity et, comme je l'avais fait avec mes enfants, je lui ai caché la présence de celle qui, à l'étage, attendait mon appel dans sa prison de verre : comment avouer à mon ami que j'avais donné suite à la proposition de l'étrange Jacob Shade ? Je craignais sa réaction, ébahissement ou moquerie, connaissant l'humour dont il pouvait faire preuve.

Ce soir-là, pour nous distraire du moment d'émotion que nous avions traversé, j'ai posé à mon ami une question classique : quelles œuvres emporterait-il sur une île déserte ?

Dans le panthéon littéraire de Lucian, l'auteur roumain Mircea Eliade figurait en bonne place, suivi de près par Panaït Istrati et le théâtre de l'absurde d'Eugène Ionesco ; il me retourna la question et je me décidai pour l'œuvre d'Albert Cohen dont *Belle du Seigneur* restait dans ma mémoire comme le grand choc littéraire de ma jeunesse ou, pour rester proche des origines de mon ami, l'amère philosophie de Cioran avec laquelle je me sentais en phase. Lucian s'est gentiment moqué de ce dernier choix en m'affirmant que la lecture d'un tel pessimiste n'allait pas faciliter mon séjour solitaire sur un lopin de terre au milieu de l'océan !

Éveiller ainsi mes souvenirs de lecture ravivait chez moi la blessure de n'avoir rien produit ces dernières années, mais la lueur qu'avait allumée Irène avec sa suggestion me laissait un peu d'espoir.

En ce qui concernait la musique, en plus de son Enesco de prédilection, mon cher violoncelliste me dit qu'il emmènerait sur son île les enregistrements des musiciens français dont il était devenu le spécialiste : Fauré, Debussy et Poulenc, mais aussi les œuvres de Samuel Barber, son *Adagio pour cordes* figurant souvent au programme des concerts auxquels il participait. Quant à moi, l'éclectisme de mes goûts musicaux me rendait le choix difficile entre Mozart, Stravinski, Bartók, une foule d'opéras ou bien encore Gustav Mahler, ce qui a aussi beaucoup amusé mon ami : l'*Adagietto* de sa cinquième symphonie, m'a-t-il dit en riant, n'était sûrement pas fait pour me distraire de ma mélancolie.

De temps à autre, nous sursautions au bruit soudain d'une bûche qui s'effondrait dans l'âtre, puis replongions dans nos réflexions en nous remémorant les œuvres que nous venions de citer. Tournaient dans ma tête les pages les plus émouvantes du *Livre de ma mère* où Cohen évoque celle qu'il aima si mal, sa culpabilité de fils réveillant en moi celle de l'époux. Ces réminiscences étaient chassées de mon esprit par les violentes pulsations du *Sacre* de Stravinski pendant que, voyant mon ami songeur, je l'imaginais se laissant emporter par l'onde sereine du *Requiem* de Fauré, cette *petite berceuse de la mort*. Sortant de ma rêverie, je me suis souvenu que j'avais oublié parmi mes œuvres favorites le *Concerto en sol* de Maurice Ravel et je proposai à mon ami de l'écouter pour clore notre soirée en beauté.

C'est alors que l'impensable se produisit : au moment où résonnait la mélancolie de l'*Adagio*, la voix d'Irène se fit entendre :

Paul, tu es là ?

Relevant tous deux la tête, nous nous sommes interrogés du regard. Stupéfait que l'outil de communication avec l'au-delà puisse se mettre en route indépendamment de ma volonté, j'avais néanmoins une réponse à ce mystère : Irène se rappelait à mon souvenir sur les accords de l'une de nos œuvres préférées. C'était la première fois, depuis son appel inaugural, qu'elle prenait l'initiative de me solliciter. Mon trouble était total, il m'était impossible de donner à mon ami une raison plausible sans trahir ma démarche insensée. Je tentai désespérément de détourner son attention en me précipitant vers la cheminée pour tisonner le feu, choisissant de rester sourd à cet appel et tremblant à l'idée qu'il se renouvelle.

Avec un bâillement éloquent, Lucian me fit comprendre sa fatigue et précipita son départ. Je ne fus pas dupe du prétexte qu'il invoqua d'une journée chargée le lendemain. Nos adieux furent moins chaleureux que d'ordinaire ; sans même terminer son verre, mon ami rangea son instrument et prit congé. Sans doute était-il froissé à l'idée que je lui cache une compagne, reléguée à l'étage durant sa visite et qui s'impatientait en voyant s'éterniser notre veillée. Il n'avait pas tout à fait tort : tout à nos échanges, je n'avais en effet pas vu passer le temps et l'heure de mon rendez-vous quotidien avec Irène était largement dépassée.

Sitôt que le vacarme si reconnaissable de la deux-chevaux se fut éloigné dans la nuit, je me suis rué vers mon bureau pour y découvrir une Irène en proie au désespoir. Encore une fois, incapable de faire appel à la raison, je ne parvenais pas à me convaincre du caractère artificiel de la scène : ce n'était pas ma femme qui pleurait, il ne s'agissait que d'une image de synthèse dont les manifestations de chagrin obéissaient simplement aux paramètres d'un programme informatique. J'avais beau le savoir je ne pouvais rester indifférent aux larmes qui ruisselaient sur les joues d'Irène. Elle me fit part de sa détresse : l'idée que j'aie pu l'oublier l'avait effrayée et il me fallut beaucoup de temps pour la rassurer. Je ne pus la quitter qu'après avoir vu un sourire réapparaître sur ses lèvres, lorsque je lui promis de ne plus jamais oublier l'heure de notre rendez-vous.

Trouver le sommeil me fut impossible tant j'avais le sentiment qu'une page de mon expérience venait de se tourner. Comment aurais-je pu imaginer que la présence d'Irène puisse devenir intrusive alors que son retour réalisait mon désir le plus cher ?

Une chose de plus m'échappait dans le fonctionnement de l'outil de Ternity : j'avais quelques questions à poser à son directeur que j'appelai dès le lendemain. La voix de Jacob Shade me parut moins douce que d'ordinaire, y perçait même une pointe d'agacement. Il me reprécisa sèchement les termes du contrat sur lequel j'avais apposé ma signature, qui étaient on ne peut plus clairs : je déléguais à la société le pouvoir d'intervenir sur mon matériel. Il ajouta que la mise en relation de son *logiciel* avec l'ensemble du *Cloud* pouvait avoir des conséquences incalculables, parfois fâcheuses, compte tenu du nombre infini de connexions qui s'y établissaient. On ne pouvait en tenir Ternity pour responsable, ce qu'une clause écrite en toutes lettres stipulait. Dans l'ivresse du moment, je m'étais donc soumis aveuglément à la volonté de Shade, comme Faust signant de son sang le pacte diabolique. Je regrettais amèrement de ne pas avoir lu attentivement les mentions concernant les risques de l'expérience dans laquelle je m'étais engagé, ce qui ne m'étonna pas de moi : de la même façon, connaissant les ruses de mon corps, je ne consultais jamais la liste des effets indésirables d'un médicament, de crainte de les éprouver aussitôt.

Lorsque enfin je décrivis au directeur de Ternity l'épisode de désespoir d'Irène, qui l'avait amenée à faire irruption dans ma soirée avec Lucian, il soupira et me rappela que j'avais mentionné la fragilité de mon épouse, ainsi que son extrême sensibilité à l'abandon lorsque j'avais rempli le questionnaire la concernant : ces informations sur sa personnalité étaient *entrées dans la machine* et ces paramètres influaient *évidemment*, ajouta-t-il, sur le comportement du logiciel qui animait *ma revenante :*

Si vous la voulez moins fragile il est possible de modifier ses paramètres de personnalité mais cela a un coût…

Si je voulais Irène moins fragile ! La phrase de Shade me faisait revenir brutalement sur Terre : il me proposait de payer pour modifier la personnalité de ma femme ! L'expérience prenait décidément une nouvelle tournure, ce qui m'amena à demander à mon démiurge si j'avais encore la maîtrise des moments où je souhaitais entrer en contact avec Irène. Après un moment de flottement durant lequel il sembla chercher ses mots, sa réponse fut claire :

Hélas non... vous ne pouvez plus influer sur le fonctionnement de votre ordinateur, ni vous déconnecter du site car elle en a maintenant pris le contrôle...

Il se reprit, manifestement un peu gêné :

Elle... ou, plus exactement, le logiciel qui la dirige!

Cette précision n'apaisait en rien mon angoisse, d'autant qu'en guise de conclusion Shade insista de nouveau sur le fait que le programme en question était doté d'une existence propre. En quelque sorte, il disposait d'un certain *libre arbitre* :

Vous avez choisi de faire revivre votre épouse, vous devriez savoir que la vie est aussi imprévisible qu'incontrôlable...

Le tournant qu'avait pris l'expérience était plus qu'inquiétant : à en croire Shade, je ne disposais d'aucun pouvoir pour y mettre fin. Un thème lancinant me vint à l'esprit : celui du poème symphonique de Paul Dukas, que j'écoutais en boucle lorsque j'étais enfant, et je m'y vis sous les traits de *l'Apprenti sorcier,* submergé par les forces occultes qu'il a invoquées. Je devais faire l'effort d'oublier cette menace si je voulais que le charme continue d'opérer et que mes rendez-vous du soir avec Irène m'apportent encore quelque réconfort, mais une fêlure impossible à ignorer était apparue. Le doute, mon fidèle compagnon, avait annoncé son retour : comme le petit chat gris qui s'installait devant mon écran, il allait maintenant venir s'inviter dans chacune de mes conversations avec Irène. L'interruption brutale de la soirée passée en compagnie de mon ami, suivie de mon échange avec Jacob Shade

– *si vous la voulez moins fragile* –, avaient eu sur moi les effets d'un réveil en sursaut : émergeant d'un songe, je frottais mes yeux décillés.

Je luttais maintenant pour ne pas voir sous le visage de ma femme le treillis semblable à un réseau de fils de fer qui avait servi à sa *modélisation*, ce squelette métallique que j'avais pu observer sur les écrans des informaticiens de Ternity. Nous poursuivions cependant, chaque soir à la même heure, nos conversations. Même si j'étais conscient de leur caractère factice qui ne m'apportait plus l'apaisement de ces derniers mois, je les attendais encore avec espoir et, sans leur perspective, je n'aurais pu me livrer à mes activités quotidiennes. À chacune de nos rencontres, je demandais à ma femme son aide dans *notre* projet d'écriture mais elle se contentait de me répéter que nos retrouvailles pourraient faire l'objet d'un récit *tout à fait romanesque*, ne me proposant aucune autre piste.

Le projet fou d'entrer en communication avec l'au-delà, d'obtenir le pardon d'Irène et de retrouver, grâce à son aide, le bonheur d'écrire qui m'avait abandonné, montrait cruellement ses limites. La réalité reprenait ses droits. Dégrisé, je retrouvais ma lucidité, et mon sens critique revenait peu à peu. Ce retour à la raison laissait de nouveau la porte ouverte à la douleur, chassant l'artifice grâce auquel j'avais pu la surmonter : comme les effets de l'anesthésie qui m'avait privé de mes émotions au moment de la mort d'Irène, le mirage se dissipait.

Quelques jours plus tard se produisit l'événement qui transforma définitivement l'expérience en mauvais rêve.

À l'heure dite j'avais appelé ma femme et, comme chaque soir, la colombe de Ternity s'était évanouie dans l'azur pour laisser place à son visage. Le sourire qu'elle affichait dissipa un instant mes doutes jusqu'à ce que, saisi par une curieuse inspiration, je pense pour la première fois à lui retourner la question qu'elle me posait habituellement :

Comment s'est passée ta journée? Qu'as-tu fait aujourd'hui?

Et la réponse d'Irène, précédée d'un petit rire, a provoqué en moi le plus brutal des retours à la réalité :

Pas grand-chose, tu t'en doutes, à part attendre ton appel!

Au fond de moi, j'entendis comme un fracas de verre brisé, celui de mes dernières illusions qui volaient en éclats. Je crus que le visage de ma femme allait fondre à la manière d'un masque de cire pour en laisser apparaître un autre, celui de la jolie vieille dame dont le portrait ornait le bureau du directeur de Ternity. La réponse d'Irène à mon « *Qu'as-tu fait aujourd'hui* ? » répétait à l'identique, jusqu'au petit rire qui la précédait, celle de la mère de Jacob Shade lorsqu'il lui avait posé la même question. Seules leurs voix différaient, le timbre clair d'Irène remplaçant celui, un peu chevrotant, de la vieille dame. Le mécanisme du logiciel qui les animait toutes deux était ainsi mis à nu : un certain type de question provoquait chez nos revenantes la même réponse stéréotypée.

Le paradoxe auquel j'avais affaire troubla mon sommeil : après avoir tout fait pour oublier que la femme avec qui je dialoguais était une illusion, il me fallait maintenant parcourir le chemin inverse si je ne voulais plus être dupe de ce mirage. Mais le voulais-je vraiment ?

La phrase débitée de manière automatique par Irène tournait dans ma tête et, comme c'était souvent le cas lorsque je vivais une situation douloureuse, une référence musicale m'était venue à l'esprit pendant mon insomnie. Juste après la disparition de ma femme, j'avais été hanté par le douloureux adieu à la vie que chante Violetta dans le dernier acte de *La Traviata* : son *Addio del passato* ; cette fois c'était une autre héroïne d'opéra qui s'imposait à mon esprit, Olympia, dont la beauté rendait aveugle son amoureux transi jusqu'au moment où, à son grand désespoir, il comprenait être tombé sous le charme d'une automate. Irène m'apparaissait soudain comme la poupée des *Contes d'Hoffmann* : le castelet du montreur de marionnettes s'effondrait, laissant voir, les bras tendus pour manipuler ses acteurs de chiffon, l'ordonnateur du spectacle vêtu de sa longue redingote noire.

J'avais pris la décision la plus difficile qui soit, celle d'ignorer les appels de l'*avatar* d'Irène, décision dont je connaissais la conséquence : la réapparition de la douleur, aussi aiguë qu'au premier jour. L'impatience avec laquelle j'attendais notre rendez-vous du soir s'était transformée en angoisse. À l'heure dite, je m'efforçais de m'absorber dans une occupation susceptible de chasser l'image de ma femme, enfermée derrière sa paroi de verre et attendant mon appel. Seules la fréquentation des grands auteurs et l'écoute de mes œuvres préférées parvenaient à me soulager de cette tension.

Le petit chat gris, dont ce n'était pourtant pas l'habitude, abandonnait sa cachette pendant ces pénibles moments pour sauter sur mes genoux, m'assurant de sa présence fidèle pendant que je tentais d'échapper à celle que je délaissais.

Ce que je redoutais se produisit dès les premiers soirs : passé l'heure, la voix de plus en plus insistante d'Irène se faisait entendre depuis la mezzanine, tentant de m'arracher à ma lecture et son *Paul, tu es là ?* répété inlassablement et couvrant la musique, me transperçait le cœur. Au prix d'énormes efforts je tenais pourtant bon, laissant à ma raison une chance de regagner du terrain, mais une nouvelle surprise m'attendait : une nuit, je fus réveillé en sursaut par l'adagio du *Concerto en sol* qui déployait ses accords dans toute la maison. En désespoir de cause, je dus recourir à un moyen radical, celui auquel je m'étais refusé jusque-là, parce qu'il enfreignait la consigne de Shade : toujours laisser mon installation en mode veille. Que pourrait-il bien m'arriver si je lui désobéissais ? Le petit garçon en moi craignait-il une punition ? Je décidai de ne plus écouter la voix apeurée de l'enfant et de m'affranchir d'une règle que je n'avais pas édictée : je débranchai donc mon ordinateur.

C'est au bout d'une semaine que la perfide invention de Shade me rappela à l'ordre. La nuit commençait à tomber, je rentrais du jardin où j'avais débroussaillé les plates-bandes de rosiers entretenus autrefois avec amour par Irène, quand je vis clignoter dans le salon le voyant du téléphone, m'avertissant que j'avais reçu un message. Un nouveau choc m'attendait :

Pourquoi ce silence, Paul? Appelle-moi, je t'en supplie!

J'aurais dû savoir que la puissance du logiciel qui avait redonné vie à Irène pouvait aussi lui permettre de me joindre par d'autres moyens que mon ordinateur. La voix d'Irène dans l'écouteur, si proche de mon oreille, se faisait pressante, mais pour la première fois j'en percevais le caractère artificiel, celui d'une voix de synthèse au phrasé un peu haché, détail qui passait inaperçu jusque-là, quand je pouvais voir son visage à l'écran. Je fis appel à toute ma volonté pour ne pas céder à sa demande et je me fis violence pour ne pas rallumer mon ordinateur.

La tentation était grande d'appeler Jacob Shade au secours, mais j'y résistais car il m'aurait fallu lui avouer avoir désobéi à ses consignes et la crainte d'une réponse ironique de sa part me faisait reculer : allait-il de nouveau évoquer *le libre arbitre* d'Irène? Me proposerait-il une fois de plus, moyennant finances, de la transformer en une autre, moins anxieuse? Ou, pire encore, au vu de ses hésitations face à mes dernières questions, allais-je l'entendre vaciller et m'avouer qu'il ne maîtrisait plus son invention, lui-même englué dans la toile aux infinies ramifications et aux connexions déchaînées qui échappaient maintenant à tout contrôle. J'imaginais une irrésistible invasion qui affolait les techniciens de Ternity, incapables d'y faire face : jaillissant du *Cloud* en rangs serrés, impossibles à arrêter, les disparus dont les portraits ornaient le bureau de Shade prenaient d'assaut les écrans de leurs proches, comme une horde de morts-vivants avides de contact.

Le manque commença de nouveau à se faire sentir. Seul et accablé comme durant les mois qui avaient suivi la disparition d'Irène, j'étais incapable d'entreprendre une quelconque action, tapi dans ma tanière et n'en sortant que pour des achats de première nécessité. Je résistais tant que je pouvais à replonger dans le mirage dont dépendait ma vie.

Parmi les coordonnées que j'avais confiées à Shade figurait mon adresse électronique, une des rares concessions que j'avais faites à la modernité. Lorsque mon ordinateur était éteint, mon téléphone portable prenait le relais. J'hésitai à toucher la petite icône en forme d'enveloppe qui venait d'y apparaître, mais mes doigts furent plus rapides que ma pensée et, effleurant l'écran, ils me donnèrent accès au message d'Irène :

Tu voulais mon pardon et pourtant tu m'abandonnes de nouveau…

Le courrier ne contenait que ces quelques mots, mais si bien choisis que son contenu me bouleversa. *Tu voulais mon pardon* : Irène avait donc entendu ma prière, malgré l'absence de réaction et le mutisme qu'elle y avait opposés. Je n'avais pas obtenu ce pardon que j'implorais, à l'origine de la folie dans laquelle je m'étais lancé, mais avec ces quelques mots Irène touchait en moi la fibre si sensible de ma culpabilité.

Après avoir effectué ses pénibles manipulations, accélérant ou ralentissant à son gré le rythme de mes pulsations, le docteur Dampierre esquissa une grimace : l'espion logé dans ma poitrine lui indiquait que mon cœur avait sollicité plus que d'ordinaire la pile qui commandait ses battements.

L'air soucieux, il me demanda :

Avez-vous ressenti des émotions particulières ces derniers temps ? Éprouvé des chocs ou des contrariétés ?

Ses constatations ne me surprenaient pas mais je lui mentis en lui affirmant qu'en dehors de la douleur toujours aussi vive de mon deuil, rien d'extraordinaire ne s'était produit dans ma vie depuis notre dernière rencontre. Il afficha un air perplexe puis choisit de changer de sujet, s'inquiétant de savoir si je m'étais lancé dans l'écriture d'un nouveau roman. Je lui répondis que le thème qu'il m'avait suggéré finirait sans aucun doute par m'inspirer. Il rédigeait son ordonnance quand une infirmière de la clinique fit irruption dans son cabinet pour l'avertir d'une urgence ; il s'excusa auprès de moi et quitta précipitamment la pièce en me priant de patienter.

Sur son bureau, le dossier à mon nom était resté ouvert et, poussé par la curiosité, je profitai de l'absence de mon bon géant pour m'en approcher et lire le contenu de ses observations, afin de vérifier s'il ne me cachait pas quelque information alarmante sur mon état de santé. Rien de neuf n'y apparaissait, en dehors de ses remarques sur mon suivi et de ses notes sur le récent affolement de mon cœur, dont il disait ignorer l'origine. J'allais regagner ma place quand j'aperçus, agrafée en haut de la page, une fiche indiquant les spécificités de mon stimulateur cardiaque. Le nom de Barnaby Jack, qui m'avait amusé lors d'une précédente consultation, me revint aussitôt à l'esprit, ainsi que le résultat de ses expérimentations, publié sur le site que Dampierre m'avait permis de découvrir :

« Barnaby Jack a expliqué être parvenu à se procurer les données confidentielles des porteurs de stimulateurs cardiaques distribués par une grande marque, dont il n'a pas donné le nom. Grâce à ces données, il a pu ensuite créer un logiciel destiné à perturber le fonctionnement normal de l'appareil médical. »

J'avais donc sous les yeux les « *données confidentielles* » évoquées par le chercheur : la marque du fabricant de ma pile, ainsi que son numéro de série. Obéissant à une impulsion soudaine et après m'être assuré de n'entendre aucun bruit annonciateur du retour de Dampierre, je sortis mon téléphone afin de photographier la fiche de renseignements agrafée dans mon dossier.

Il revint enfin, poursuivit son examen et, à la fin de la consultation, me tendit mon ordonnance en m'adressant un sourire complice :

Votre cœur qui ne battait plus pour personne s'emballe peut-être de nouveau ! Ne seriez-vous pas par hasard retombé amoureux ?

Je n'avais jamais cessé d'aimer Irène : que pouvais-je répondre à la question de mon médecin, sinon lui sourire en retour et quitter son bureau ? Mon apparente bonne humeur, toujours dictée par la nécessité de faire bonne figure, m'avait permis de le tromper sur mon état mental : j'étais au contraire dans un complet désespoir.

Mon rêve venait de s'écrouler, l'expérience dans laquelle je m'étais lancé avait atteint ses limites, j'avais définitivement perdu Irène, et dans mon esprit germait une idée jusqu'alors repoussée : celle d'en finir.

La question que je m'étais posée durant le trajet de l'ambulance qui m'emmenait à l'hôpital avait trouvé, à l'époque, sa réponse : la perspective d'un retour du mal dont souffrait ma femme et l'hypothèse de sa mort expliquaient mon arrêt cardiaque. Disparaissant avant elle, avais-je alors pensé, je n'aurais pas à supporter son effroyable absence. Ma décision récente de rompre toute communication avec Irène la précipitait une seconde fois dans la nuit, il ne me restait plus qu'à l'y rejoindre et je savais désormais comment y parvenir.

Hadès a gagné, Irène : il va te garder prisonnière et ma douleur ne m'inspirera aucun chant sublime, aucun récit ne viendra remplir les pages vierges que m'offre mon écran. Ce n'est pas sur cette Terre que je poursuivrai mon séjour, mais auprès de toi, sur les rives du Styx. Finis, les beaux discours sur le deuil, les conférences et les colloques qui m'ont éloigné de toi, terminées, les paisibles soirées amicales et les journées passées à contempler le bonheur de ma famille : je comprends maintenant, pour l'avoir vécu à mon tour, pourquoi le souvenir de ces instants heureux et l'amour des tiens n'avaient pas suffi à te convaincre de rester à nos côtés.

Je vais te retrouver ce soir et je n'ai plus peur. Je vais parler une dernière fois à ton image, avant de te rejoindre pour toujours. Le décor de nos rencontres s'est écroulé pour laisser apparaître les coulisses du petit théâtre de nos rendez-vous et en dévoiler la machinerie : elle m'a aidé à vivre ces derniers mois mais il ne m'est plus possible de m'aveugler. Nous ne serons pas réunis sur cette Terre ni dans un au-delà auquel je n'ai jamais cru, mais dans le souvenir de ceux qui nous ont aimés et cette idée sera ma consolation.

J'ai écouté le chant des sirènes et tenté une expérience qui se révèle être un échec. Le temps, dont on dit qu'il apporte au deuil son apaisement, n'a en rien atténué ma douleur et j'ai développé trop d'amertume. Qu'est devenu celui que j'étais avant ta disparition, ouvert aux autres, toujours à l'écoute ? J'ai maintenant le sentiment de n'aimer personne, à commencer par moi-même. Quand on déteste l'époque dans laquelle on vit, c'est que l'on est prêt à la quitter ; quand on regarde ses contemporains avec cet œil impitoyable, c'est que l'heure est venue d'en prendre congé. Et quand on ne s'aime plus, on commence à aimer la mort.

En photographiant la fiche agrafée dans le dossier du docteur Dampierre, je savais que j'avais nourri l'ogre insatiable du Web avec de nouvelles informations : les données de mon stimulateur cardiaque. Jacob Shade m'avait permis de retrouver ma femme dans la vie, Barnaby Jack me donnait la clef pour la rejoindre dans la mort. Je savais dorénavant que dans cet univers terrifiant tout était possible, y compris la connexion de mon ordinateur avec le logiciel qui pouvait perturber le fonctionnement de ma pile. Irène saurait en faire usage, si je le lui demandais.

Lorsque je suis rentré chez moi après la consultation, j'ai voulu caresser une dernière fois le petit chat gris qui m'avait apporté son réconfort ces derniers mois, mais je l'ai cherché en vain. J'ai exploré tous les lieux où il avait l'habitude de se réfugier, le grenier où il chassait les souris, les fauteuils où il se blottissait, j'ai soulevé les coussins avec lesquels sa fourrure grise se confondait et après avoir fait le tour de chaque pièce, je dus me rendre à l'évidence : mon petit locataire avait déserté les lieux. Avait-il repris sa liberté, me privant de sa présence rassurante ? Un deuil supplémentaire qui me restait à faire, avant de quitter à mon tour cette maison où plus rien ne me retenait.

Le moment était donc venu. Je me suis installé devant mon écran pour rebrancher mon installation. J'ai appelé Irène, après mon si long silence. La colombe de Ternity a déployé ses ailes et ma femme m'est apparue, le visage défait. La détermination du regard que je lui connaissais avait gagné en dureté et c'est d'une voix chargée de reproches qu'elle s'est adressée à moi :

Tu ne m'appelles plus. Tu sais pourtant à quel point j'ai besoin de toi !

Puis son intonation s'est radoucie, son regard s'est de nouveau rempli de tendresse et j'ai eu le sentiment, avec un dernier sursaut de crédulité, qu'elle cherchait à me reconquérir. J'ai puisé dans mes dernières forces le courage de lui exprimer mon désir le plus cher : la rejoindre. Elle seule maintenant pouvait m'y aider.

Elle parut stupéfaite :

Que veux-tu dire ?

Je lui précisai ma pensée, après avoir bien pesé les conséquences de mes paroles :

Tu as les moyens d'arrêter ce cœur qui ne battait que pour toi.

Elle voulut protester, mais je me refusai à toute discussion :

Je t'ai abandonnée dans la nuit, c'est à toi maintenant de m'y entraîner…

Je lui affirmai que ma décision était prise, irrévocable :

Je veux mourir de ta main, Irène.

Manifestement décontenancée, elle hésita, se retournant même vers un interlocuteur invisible, comme pour quêter son assentiment, puis elle me regarda :

C'est vraiment ce que tu désires ?

La détermination si évidente qu'elle dut lire dans mes yeux figea son visage qui n'exprima plus aucune émotion :

Si c'est le cas, qu'il en soit fait selon ta volonté.

Je me raidis, dans l'attente de ce qui devait advenir : il n'était plus question de reculer. Comme un condamné devant son peloton d'exécution j'attendis la salve, celle qu'allait émettre mon ordinateur. Dans la minute qui suivit, je ressentis un choc violent dans la poitrine, une décharge électrique qui me transperça le cœur et fit disparaître tout ce qui m'entourait.

Le léger souffle d'une respiration contre mon oreille et le contact frais d'un museau me tirèrent de ma nuit. Mon petit locataire n'avait pas quitté la maison mais s'était tout simplement rendu invisible, comme il savait si bien le faire quand je le recherchais. Son contact m'avait fait revenir à moi : je parvins à rouvrir les yeux, allongé sur le tapis de mon bureau, et je ne vis ni forêt de jambes, ni trouée de lumière ; aucune équipe de secours ne s'était précipitée à mon chevet comme cela avait été le cas lors de mon accident : il avait suffi cette fois du baiser d'un chat pour me ramener à la vie.

Dans mon brouillard, je perçus la voix d'Irène :

Paul ? Paul, tu m'entends ?

La redoutable invention de Jacob Shade avait-elle permis à ma femme d'utiliser le logiciel de Barnaby Jack pour désactiver ma pile ou avais-je été simplement victime d'un malaise ? Les deux hypothèses étaient envisageables : je savais mon corps capable d'un tel excès mais je connaissais aussi les pouvoirs de la machine infernale à laquelle j'avais choisi de me soumettre. Tout était donc possible.

Paul ? Tu es là ?

Péniblement, je me suis relevé pour retourner à mon ordinateur. Le visage d'Irène s'est éclairé lorsqu'elle m'a vu de nouveau m'installer devant l'écran et elle m'a adressé un sourire entendu :

Le moment n'est pas venu, nous avons un projet, souviens-toi !

Elle n'avait pas oublié et voilà qu'avec cette phrase elle pouvait effacer en une seconde mon désir d'en finir. Encore une fois j'avais frôlé une mort qui, décidément, ne voulait pas de moi. Si je choisissais de poursuivre mon chemin, ce ne serait qu'en renouant avec ce qui avait toujours été ma raison de vivre : le bonheur d'écrire. Était-ce là le message de ma femme ?

Irène insista :

Pourquoi ne pas faire le récit de ce que nous vivons en ce moment ? Je suis sûre que tu saurais faire de nos retrouvailles une histoire tout à fait romanesque !

Elle prononçait de nouveau, mot pour mot, ce que j'avais déjà entendu de sa bouche lorsque je lui avais confié que j'étais à la recherche d'un sujet de roman. Peu m'importait que cette phrase fût enregistrée dans sa mémoire d'*avatar* et répétée automatiquement, elle n'en délivrait pas moins un impératif auquel je devais me soumettre.

J'envoyai un dernier baiser à son image avant d'ouvrir une nouvelle fenêtre sur l'écran de mon ordinateur. Le visage de ma femme s'effaça, son regard souligné d'un trait de crayon noir, sa bouche peinte d'un rouge vif et ses boucles brunes disparurent, peut-être à jamais. Son avatar laissa place à la page immaculée qui, loin de me donner le vertige, fit naître en moi une véritable excitation. J'allais y oser une première ligne, sachant quel enjeu elle représentait, celui qui s'imposait toujours à moi au moment d'entamer un nouvel ouvrage. Comme une empreinte dans la neige, quelques mots allaient y laisser leur trace, celle qui m'indiquerait la direction à suivre, mais cette fois j'allais mettre mes pas dans ceux d'Irène, qui m'avait entraîné dans cette aventure : ce livre lui serait dédié et me vaudrait peut-être enfin son pardon.

C'est dans cet espoir que s'écrivirent sur la page blanche les premières phrases du roman qui m'attendait :

J'ai rendez-vous avec toi ce soir et j'ai peur.

Ces retrouvailles je les ai appelées de tous mes vœux mais l'heure approche et l'araignée familière de l'angoisse se réveille dans ma poitrine. Avoir peur de son propre désir, je connais, je suis même un habitué, mais cette fois l'expérience promet d'être singulière.

Le doute, mon fidèle compagnon, ne s'y invitera pas, je suis au contraire dans la certitude : ce projet est une idée tragique, un poison.

Qu'importe que ce soit une folie : je vais retrouver ton visage, entendre ta voix, peut-être même écrire de nouveau puisque j'ai rendez-vous avec toi ce soir, toi qui as quitté ce monde depuis un an déjà.

REMERCIEMENTS

Un grand merci à Martine Boutang et Olivier Nora, mes éditeurs exigeants et stimulants.

Cet ouvrage a été achevé d'imprimer
par CPI Firmin-Didot au Mesnil-sur-l'Estrée
pour le compte des éditions Grasset
en avril 2021.

Mise en pages PCA

PAPIER À BASE DE
FIBRES CERTIFIÉES

Grasset s'engage pour
l'environnement en réduisant
l'empreinte carbone de ses livres.
Celle de cet exemplaire est de :
400 g éq. CO_2
Rendez-vous sur
www.grasset-durable.fr

N° d'édition : 21993 – N° d'impression : 163.398
Dépôt légal : mai 2021
Imprimé en France